推理小說

捕霧之影

阿谷 著

捕霧之影
作者／阿谷
責任編輯／卓希雪
協力編輯／賴百樂
美術設計／陳詩韻
出版發行／突破出版社
香港沙田亞公角山路 33 號突破青年村
電話：2632 0000　傳真：2632 0388
電郵：breakthrough@breakthrough.org.hk
網址：http://www.breakthrough.org.hk
http://www.btproduct.com
承印／陽光（彩美）印刷有限公司
2023 年 12 月初版 1 刷

The Shadow Catcher
by A Gu
First Printing, First Edition, December 2023

Printed in Hong Kong
ISBN 978-988-8562-95-4

本書採用環保油墨印刷

每一個
年輕人都應當
乘着夢想的
翅膀出航。
成長文學

目錄

第一章

刺桐花開一片紅

二十年前，東南方一座古城。

「嗳！來來來，我們理論一下好嗎？」小藾把兩條長辮子往背後一甩，雙手叉腰，跟阿鹿說。阿鹿其實是一匹驢。一想到阿鹿的頑固，還未開始理論，小藾兩頰早已漲紅成一顆蘋果。不管怎樣，阿鹿終於停下了驢蹄，可鼻孔依然呼呀呼呀的噴出白氣。

一個女孩，一匹驢，奉命出來採摘茶葉。茶田在靈源山腰。

三大袋茶葉，給小藾塞得比南大鼓還要大。小藾非常滿意，正要用布條把兩袋縛成一塊——哟嗒哟嗒——，阿鹿竟然搖着毛肚皮，預備開溜。「喂——」小藾立刻掉下茶葉來擋。小藾身軀圓滾滾，欺到驢頭前，兩手像釘十字架的張開。說實話，阿鹿也沒有驢膽量撇下小藾，不過驢脾氣一鬧自己也管不住。小藾開始提出她的論點：

「我今年十五歲——不，是虛齡十五，其實是十四歲。而阿鹿你呢，少說也有一百五十公斤……︹嗶哩嗶哩︺……你太謙虛啦，怎麼算，也不能把你算成老人家。︹嗯昂嗯昂︺……不用騙我啦，師傅今早還賞了你玉米；我呢，才吃了一碗菜頭酸。你馱兩袋，我背一袋，你不鬧脾氣，已經回家啦！」

正當小蕻跟阿鹿還在山腰爭持，山下靈水村，范泉師傅走出茶餅廠。

紅磚白石一排老屋，在天井向西邊瓦頂燕尾脊一望，正好瞥見靈源山一角。范泉踱出天井，拉開架勢，開始每個傍晚的武術操練。一套南拳，打得似太極，又如武林十八腿，似鐵又棉，如影卻又處處實在，打出霍霍風聲，不在力博而在養生。霍霍風聲中，一名小徒奉出一壺青茶，放到石牆下的木板凳上。

阿鹿服軟了，兩個前蹄一屈，跌在地上，毛皮背剛好和小蕻的大眼濃眉成一水平。「這才是嘛！」她使力把兩袋茶葉拖拉過來……

一套南拳耍畢，范泉走過去喝茶，抬頭處，望見靈源山。咕嚕咕嚕，青茶在喉頭滾動，忽然，一個好玩的念頭掠過腦際，促狹的眼神閃呀閃。——他吞下青茶，走回天井，面向山的方向，雙膝緊曲，紮實下盤，氣運丹田，用腹語徐徐說：

「刺——桐——花——開——一——片——紅」。

看不見的音波瞬間向山腰發送。

音波走入阿鹿的長耳朵，完全接收了。小蘋正使勁將兩袋茶葉往驢背拋……

嘰——嘰——，阿鹿忽發前蹄，一躍彈起！

哎呀——小蘋跌到阿鹿的肚皮下面。喲躂喲躂，阿鹿掉下小蘋往回家的路狂奔——師傅發出暗號，牠要立刻回應，任小蘋怎麼叫也沒有慢下蹄來，很快，蹄音驢影隱沒在黃昏的薄霧之中。

待到小蘋回到村口，已全身是汗，像一隻累壞了的驢，手臂吊在胸前，差不多碰到地上，氣吁吁，雙眼金星直冒。

一棵刺桐花守在村口向小蕻傻笑。

「你只管笑啦！」小蕻好沒氣。

白銀似的月亮已經貼在半空，在一個大水窪上面照出影兒。咦——除了月影，好像還有個人兒呢。「不是吧？」小蕻趨近一點看，「真的，有張人面呢！」小蕻抬頭，一個大男人正站在她前面。「二師兄？」男人沒吭聲，小蕻睟眼再看真，「三師兄！「三師兄！哇——」委屈的眼淚已奪眶而出。三師兄二話不說，擱下小蕻掛在左右肩膀上，和右手上的三袋茶葉，邁開大腳便走。三袋茶葉到了他手，彷彿輕如羽毛的沒重量。小蕻待要訴苦，三師兄已經走入村子，不見了蹤影。

小蕻尾隨回到茶餅廠，門廊上坐着笑盈盈的二師兄，玩弄着手上的金魚袋呢。

「去洗把臉啦，留了一大碗沙茶麪給你，你知道二師兄最疼你。」相對於木訥的三師兄，如果一天聽不見二師兄講話，肯定病了。小蕻在廚房找到沙茶麪，捧着大碗轉回門口，坐到二師兄身邊，大口大口吃。「二師兄煮的麪好好吃。」小蕻賣口乖。二師兄，同時也是茶餅廠的大廚。他收起金魚袋，說了一大堆煮沙茶麵的技巧，沒來由的好興致。「如果煮給師傅，我會拿出珍藏的土筍做一個土筍凍。」「我什麼時候也可以吃到土筍凍？」小薪把碗底吃盡問。二師兄望一眼小薪，笑說：「小薪你愈長愈胖了，收斂一下吧。」「胖就胖吧！」小薪滿不在乎。二師兄用手指篤她的頭。「胖就學不好輕功。」小薪一呆，想起了難纏的阿紙……輕聲說，「這也是的。」不過，避難就易是小薪的強項，很快便把輕功的問題放過一旁；她想起一件更重要的事，問：「二師兄，三師兄怎麼會來找我？」「我叫他去找你的，我在房內聽見師傅在草棚讚阿鹿聽話。」小薪點頭：「係喎，二師兄練的是順風耳。」「師傅忽然興起，要試試阿鹿有多服從，就用腹語召喚他回來。」「師傅明知道我和阿鹿上山採茶。」小薪不解。「你師傅又多疑又貪玩……咦，我聽到腳步聲——不跟你說了。」二師兄拿過小薪手上的碗，掉下小薪急急腳走了。小薪摸不着頭腦，「誰的腳步聲？」

喵——

這時候，一隻雪爪黃貓在門前經過。

「哦——原來是……」小蘖站起身，生硬地向黃貓點點頭。黃貓並不理睬，繼續月光漫步。黃貓走遠了，小蘖獨個兒站了一會，瞥見地上自己的影兒，「確實——是一塊豐滿的圓月！」慚愧的轉身入屋。

那隻黃貓是大師姐阿紙！

除了經營茶餅廠，范源也是武學大師，這位武學大師稍欠一點大師風範，來武功班的學徒全由入室弟子教授，昂貴的學費卻由范泉袋袋平安。范泉親授武術的弟子共有七位，如何挑選弟子卻不得而知。一經成為入室弟子，首要是改名換姓。七位弟子現時在任的有五人，分別是七師妹小蘖（紅），四師弟阿鹿（綠），三師兄阿清（青），二師兄阿楠（藍）和大師姐阿紙（紫）。大師姐是一隻貓，四師弟是一匹驢，要稱一匹驢和一隻貓做師姐師弟有點忸怩，不過他們的師傅既然是怪人，也就見怪不怪了。

這一晚，小蕻一倒牀便呼呼大睡。

早上起來，小蕻走進飯堂，揭開鍋蓋，拿起兩個熱呼呼的大燒餅，塞入書包便去上學。非常神奇地，她在茶餅廠還精神奕奕，在小街見到一輛鐵皮車，一時技癢施展輕功一躍而過呢；可是，真怪呀，走到學校，「第二中學」四個字映入眼簾，便全身乏力，沒了勁兒。老師聲如洪鐘，也沒能讓她的眼皮抵抗地心吸力。好不容易捱到下課鈴聲熱烈響動，小蕻這才精神為之一振。步出校門，小蕻兩頰緋紅；心一虛，她就面紅；知道自己不是讀書的材料是一回事，無心向學又是另一回事！

她記掛的，當然是茶餅廠啦！

古城的設計沿襲元朝，大街一條到尾東西横向，只不過不斷改易街名，小蕻步入雙龍街，遠處屋簷下，站着爸爸叔叔呢，還有一個外鄉人，頂着大白天的火焰傘，不知在爭論什麼。本應上前打招呼，回心一想，放棄了。碰見爸爸，勾起童年時的一段往事：小蕻出生，爸媽一見是女娃，給潑了一盆冷水，往後對小蕻也是愛理不理。小蘋五歲，獨個兒摸到江邊玩，一個男人大剌剌走到小蘋身邊，俯身面向小蘋，嘴角牽動一下，不懷好意。小蘋正是模糊之際，男人雙手一抄，小蘋整個兒離地，被夾到男人的腰下，一股騷臭味衝鼻而來，她驚呆得沒有了反應。

光天化日擄劫小孩！急難之際，一把女聲響起：「放下小孩！」五師姐阿凰！一句「放下小孩」，從此改寫了小蘋的命運。

男人還有一個女同黨接應，雌雄大盜給阿凰扔入江心爬不起來。五師姐帶小蘋去見師傅。「這個小孩我來養，伙食算我的份兒。」知道師傅斤斤計較，阿凰開口便說。范泉走到小蘋身旁，拉起她的褲腳仔細看小蘋兩個小腳瓜，然後又翻開她的耳背研究一番，最後站直身子，一笑，說：「算我的啦，紅橙黃綠青藍紫，正好欠一個紅。」小蘋一直想問，那麼橙呢？

「放下小孩」。午夜夢迴，還經常聽到五師姐柔綿又如針的聲音。兩年前，刺桐花開，本地人說快要過新年的季節，五師姐忽然失蹤了。有很多種說法，有說是跟師傅不和，有説是給仇家謀害了……小蘚最想相信的其中一種説法，是五師姐貪慕虛榮，去了香港。

這座數十萬居民的古城在海邊，得地理優勢，宋朝時已設市舶司，專管海外貿易，錢根早種。勢利一點説，不管是哪一個行業的市民，最後還是希望營商圖利的。改朝換代，改來改去，那股銅臭味始終掩蓋不住。小蘚已經將五師姐去了香港的猜測當成真，還想：有機會去香港見到五師姐，她認不認得我？想着想着，嗅到空氣中瀰漫着厚重的煮藥味。真高興，到家啦！她推開大鐵閘，飛快穿過空地，把書包一拋，拋到廊下，便往西邊的乾燥房跑去；一邊跑，一邊大叫，「雨桐姐，雨桐姐。」

咴呀一聲推開門。小蘚口中的雨桐姐抬頭一笑，同時把手中的一本書藏到身後。小蘚一早對雨桐苦也笑痛也笑的不同笑臉熟讀，什麼情緒都瞞不過她——小蘚心虛就面上泛紅；雨桐心虛就牽動兩個笑渦……「不用藏啦，是《聖經》，還是雨果執事送給你的那一本。」小蘚得意地説。「沒有，不要亂猜。」雨桐搖頭。《聖經》

在茶餅廠不是禁書，不過所謂道不同不相為謀，即使師傅和雨果執事是忘年之交，師傅也沒有明文規定不准讀《聖經》，茶餅廠上下對這本書卻是避而不談。雨桐姐說沒有，小蘖也爽快不來難為她，扯開另一個話題：「雨桐姐，為什麼你不去當老師，你是我的老師多好，你說故事比我的老師動聽多了。快把茶餅廠的來歷跟我說一遍。」「你已經聽過很多次了。」「百聽不厭。」「好啦——」雨桐坐正身子，開始講故事：

「元朝末年，地方發生政變，湖北湖弦口有一個人物張定邊，他協助陳友諒成立政府，要滅元復宋。可惜陳友諒在鄱陽湖之戰中戰死，張定邊把陳友諒屍首送回南昌，帶他的兒子陳理歸降朱元璋之後，便退隱靈源山，出家為僧。

「前半生出入戰場，改名釋大迦後的張定邊，下半生的志願是濟世為民，他起早摸黑，走遍靈源山，採摘十多種青草山藥，按草藥各種特性研製，煮煉成『菩提丸』，解民疾苦。菩提丸代代相傳又經過無數次改良，最後定名『萬應茶』，現在的萬應茶用到的草藥多達數十種，主要用途是疏風解表，健脾養胃，和祛痰利濕。萬應茶經歷六百年，已經是家家戶戶必備的保健飲品。

「上世紀七十年代，新中國要僧侶還俗。他們捨不得萬應茶就此滅沒，於是把製茶秘方和技術分授山下曾林和靈水二村……」

「今日靈水村萬應茶的掌舵人就是我們的師傅范泉大師。」故事到此，小薿來一個總結。

「你都熟背啦！去做家課啦！」雨桐說，大有打發小薿離開的意思。說實話，雨桐說故事的技巧也不一定賽過老師；但凡喜歡一個人，自然會將他的優點放大來講，這是沒道理可言的，比方織布機，你硬是要說這部織布機織布聲最好聽，誰也不會為織布機來辯解。雨桐轉身去打理一排排在木格子裏進行乾燥的草藥。雨桐好比一部測試機，烘焙方法對不對，有沒有壞份子摻雜其中，經她的手觸碰，經她目光一掃，都無所遁形。這個步驟非常重要，特別是多如繁星的草藥種類，有些外貌相似，效用卻判若雲泥；甚至有些植物，同屬一科，卻原來一個能救人，一個能毒害人。大自然真的非常奧妙！小蕻望着雨桐的背影，托着下巴，疑惑不解。

為什麼直到今天，雨桐仍是茶餅廠一個雜工，而她又從沒有抗議？

撇開雨桐這種技能不說，雨桐可是美人胚子呢，而她的美又非常獨特，不是純粹東方姑娘的美。小蕻在雨果的書房看過一本畫冊，有一個穿着中國朝服的西洋人，後面跟着一位打扮極為華麗的少女，跟雨桐姐的輪廓很相似，小蕻好奇，問執事他們是誰。「這個人，就是第一個來到中國的威尼斯人馬可•勃羅。」雨果說：「後面隨行的是闊闊真蒙古公主，他護送公主從我們這兒出發嫁去伊兒汗國。」小蕻當時便說，和雨桐姐有幾分相似呢。雨果卻笑說：「闊闊真是否真有其人也說不定，插畫家把她畫成塞外人就是了。」「這麼說，雨桐姐的祖先可能是塞外人。」雨果沒有再搭理小蕻。

不過，雨桐有一個很明顯的缺陷，沒有人會因為喜歡她而可以假裝看不見——那就是她的身量比常人矮！已經二十歲了，雨桐身高和十四歲的小蕻一樣。小蕻近兩年一直在標高！不久的將來，高度肯定超過雨桐。村裏有人認為，作為絲綢之路入口的古城，人來人往，雨桐擁有小矮人血統也說不定。那麼，身為孤兒，雨桐的爸媽是誰？遍地都是孤兒，又有誰會來關心、深究一名孤兒的身世？

小蕻認為，無論如何，雨桐都是一名非常優秀的員工，她的學問，是她自學翻書本，又上山對比實物而累積豐富經驗來的，她起碼值得一個晉升的階梯。小蕻還想過，如果師傅收雨桐為徒該多好；連貓和驢都是一張紙、一頭鹿，難道雨桐姐不值得做一顆橙？正胡思亂想之際，但聽得二師兄千里傳音：

「小蕻的書包哪兒去？偷偷跑上了屋頂。」

「什麼？」小蕻跳起，馬上跑出去。

果然，被她扔在廊下的書包不見了。抬頭一望，屋頂上，但見大師姐昂首佇立，而書包就被壓在她的雪爪之下！唉！又要練輕功了，不能怪師傅，只怪自己疏懶。小蕻仔細一看，但見用石塊砌成的牆身粗糙，大有可以借力的地方，於是縱身一躍，右腳往近處較大一塊凸出牆石借力，腳尖挨到石塊邊緣，不敢怠慢，左腳順勢再向上攀登，屏氣上騰，竟然遊走至半壁牆身。小蘋高興，輕輕換一啖氣——哎喲，出事了，換氣時，身軀透露了重量，一墜，整個人即時從牆上滾下來。她在地上翻了一個筋斗，爬起身，仰頭哀求：「大師姐，把書包扔下來還給我，好吧！」

喵——阿紙鬆開雪爪，以為她答應了！老人家卻把身體一曲，像一把弓，一橫，像一枝箭，說時遲，那時快，凌空躍起，飛出去，不見了。喔噢……留下書包孤零零。——「唔，姿勢美妙，可以成為國家世運代表。」小蘋倒是真心佩服。她找來一把竹梯，爬到屋頂，但求這一幕沒有人看見。可是，瘀事永遠藏不住——

「小蘋，你爬上屋頂做什麼？」有人大叫。

小蘋往下一望……村代表！

「師傅在嗎？我帶了一名輕工業大學生來，他要來茶餅廠實習。」村代表這麼一說，他身後的青年馬上站出來，雙手垂直，向屋頂上的小蒴來一個深鞠躬。城市知青的打扮，白裏透黃的恤衫捲起衣袖，斜布西褲，例牌吊在褲側的粗皮帶，像從沒吃飽的骨架……小蒴還未看真實習生，已差不多可以判斷，他會是師傅討厭的實習生。

小蒴在屋頂看不見，這時候，雨桐也正好步出乾燥房，好奇的端詳青年。

第二章

玫瑰色的翅膀

十八年前。

「四師兄，看好了。」小蘖說。

小蘖此話一出，阿鹿長耳朵一聳，蹄一踏，腹一側，直往山下奔。蹉蹉蹉，塵土飛揚……待阿鹿跑出十丈遠，小蘖這才一笑，喝一聲，離地橫飛，和阿鹿來個競跑。小蘖十七歲啦，這座山閉着眼也能走，跟自己的家毫無分別。不到一盞茶的功夫，她已縱到一塊昂然盤踞的大石上，看着四師兄由遠而近，待牠差不多跑到大石腳，小蘖左右腿凌空開展，像踏單車一樣，從大石跳出，右手來把勁一拋——兩袋茶葉剛好拋到經過的阿鹿的毛皮背上，順勢一個筋斗，在驢尾巴後面輕身落下。兩師兄妹已經非常合拍了。道理實在簡單；你敬我一尺，我敬你一丈。這個道理，處處通行，無分界別。

更重要的是，小蘖是個大姑娘啦，人情世故看在眼內，長在心中，懂事啦！應該懂的都懂，似懂非懂的事也開始想弄得一清二楚，問個明白！

完成當天的功夫，小蕻可以放開腳，獨自在山上漫步，嗅着花草樹木的氣息。從前有詩人作詩來形容這座古城說：四季有花常見雨，一冬無雪卻聞雷。憑着四季濕潤天氣的優勢，靈泉山的草藥才勝過別省別市呢。如果細心觀察，有時還會發現從前未經發現的新品種！所以說發現，就是不經實驗室培養出來的意思，是大自然的創造，直到有心人來發現罷了。咦！果真有發現呢！靠山崖那一邊的土坡，小樟樹下面新長出一叢似花又似葉的苗芽。透着玫瑰花色的新苗，形狀又如兩塊蜻蜓翅膀般舒展開去，似要向懸崖方向生長的勇敢，卻分明是剛冒出嫩紅的生澀。小蕻不覺探出頭去欣賞。這樣看着看着，心底泛起一陣漣漪，面上又是一紅，一個人影兒不請自來的跑上了心頭——雨果執事。

他的司鐸做還是不做？

小蕻不是天主教徒，也未想過成為天主教徒，更遑論是天主教複雜的教廷職事階級。因為喜歡雨果，去問雨桐，什麼是執事，雨桐想一想，搖頭說，「唔，其實我也沒能弄懂。」小蕻嘟囔，「什麼沒能弄懂？不明白的事豈可含混過去？」雨桐沒料到小蕻會使小性子，正不知如何回答之際，哈哈兩聲，二師兄阿楠大搖大擺走進來，道：「雨桐，你必先要弄懂小蕻的心事，才好回答她的問題。」「二師兄，你又在偷聽我們說話。」小蕻不高興。「沒辦法，這是我深厚的獨門功夫嘛，連師傅也趕不上。倒不如你們姐妹倆去深山講悄悄話，我才聽不到。」阿楠笑說。「什麼悄悄話……」小蕻立刻分辯。「咦，你愈大愈不懂尊師重道，到底要不要知什麼是執事？」阿楠正色問。小蕻馬上回答：「要。」

阿楠搬過來一板小腳凳，坐下，氣定神閒道：「執事是他們天主教最底層的職員，再上一級就是司鐸。就是說，雨果的上司是他天主堂的司鐸。你見雨果經常跑來跑去，因為他要佈教，而司鐸是不去佈教的，要在教堂裏負責所有的聖職事，例如彌撒、洗禮、聖餐、婚禮等。」小蕻留心聽，聽到阿楠說執事負責佈教，心中一喜。「我明白了，佈教這差事非常好。」雨桐也多謝阿楠的解釋，「再有人問，我也知道如何回答。」雨桐說。阿楠卻不理會雨桐，盯着小蕻說：「這差事是好，卻是職級的最底層，之上還有很多層，人望高處，雨果是時候升上一級，況且，那個司鐸年事已高。」「這個嘛，真的為難。」小蕻揣摩着，彷彿要不要做司鐸是她本人的事一樣。「小蕻，你聽好了，重點不是要不要守在教堂。」「不是重點？那麼重點是什麼？」「重點是，雨果要不要娶老婆；執事可以娶老婆，司鐸卻要為他們的天主守獨身。」「什麼？」小蕻驚嚇得跳起。

所以，小蕻想「他的司鐸做還是不做」，心底問的是「他要結婚還是不結婚？」

小蕻望着眼前似花不是花的玫瑰紅，千腸百轉，都轉不出一個味兒。她並不曉得，這其實是愛情的味兒；剛冒出嫩芽，誰知將來的底蘊？連這嫩芽自己也不知道。她再往下想，竟覺着淒苦來——自己豈不是個悄悄生在樹腳下沒人認識的花兒？沒個依傍，也沒有家長來出頭，最後賭氣説：「管他做不做司鐸，跟我有什麼關係？他又沒有來徵求我的意見。」頭一低，看見自己的影兒，「咦，怎麼我的影子拉長了，哎呀，不好了——」原來快要日落西山！

當下小蕻收拾心情，往回路下山。這靈泉山向東南伸展，算是平伏，偶爾才見峭立的山巒突出其中，近山腳入口的地方，有一兩處高臺，溪水潺潺從高臺流下，大雨的日子，甚而奔騰成瀑布，正好成了一個遊人停息其下的落腳點。小蕻估計，這個時分，遊人都已紛紛下山，停息處斷不會再有人蹤。不過，奇怪呀，溪水旁的大石上有一個男孩呢——身上一件格仔恤衫，下身是運動褲和波鞋，頭上一頂泥色草帽覆蓋了面貌，雙手捧着一個藍色布套，好端端地坐着，像是約了誰在那兒等候。因為腳快，小蕻已經超過了停息處，不過心生疑竇……男童迷路了嗎？放心不下，正打算回頭……咦，遠處水平線上，升上一個小黑點，小黑點又慢慢成為一條黑線，瞇起眼來瞧，大喜過望，是雨果騎着自行車入村！小蕻立即把男童拋諸腦後，更加快腳步直奔靈水村，過了山腳入口，後面斜坡上，忽聽到沙沙腳步聲；這是一條分岔路，同是上山，並不好走，雖是捷徑卻容易迷路。小蕻好奇，抬頭一看，原來是陸軍。陸軍就是兩年前來做實習的大學生。雖是透過疏林看到半個身影，也斷估沒錯。

這個時分還上山？

小蕻和陸軍均沒有停步，一個往北，一個向南，距離愈拉愈遠了。一到茶餅廠，小蕻便大喊：「執事呢，執事呢？」也不管迎面來的是誰。迎面來的是——大師姐！「執——事——呢？」膽量消化了，硬把叫聲吞回喉頭。怪不得空地上一個人都沒有。待大師姐走遠了，小蕻這才跨步入內。三師兄在通道上，指指師傅的套房。「他來找師傅？」三師兄點頭。小蕻當然不敢亂闖禁地，又問：「有重要事嗎？」三師兄説：「他來借東西。」「借什麼東西？」「我和四師弟。」説完就走了。

三師兄就是三師兄！

小蕻回心一想，這個時候到來，雨果決計要在茶餅廠借宿一宵，也不再跟不能糾纏的人糾纏，轉身跑去廚房。

「晚餐吃什麼？」小蕻探頭問。見一個平常很少生火的爐頭火光紅紅，以為是特意煮給雨果的，又見二師兄毫不搭理她，便去揭鍋蓋，只揭到一半……嗒的一聲，一隻筷子打去小蕻的虎口，小蕻手一麻，一縮，哎呀，鍋蓋伶俐的又蓋上。「不要動，是芊蕤的。」二師兄也不抬頭，繼續炒菜，剛才露的一手，神速如電，像從沒發生過一樣。而「不要動，是芊蕤的」這句話，比他的武功更具威力。

芊蕤是誰？芊蕤是范泉晚年生的獨生女兒，掌上明珠！既然是掌上明珠，她在茶餅廠的地位當然是非常、非常的超然了。

二師兄這麼一說，小蕻這才醒起，自己已放暑假，在北京讀大學的千金小姐，當然要回家啦！「剛回家？」小蕻好奇。「人未到，行李先到，她還要去遊山玩水嘛。」「哪你怎知她今晚抵達？」二師兄只是一笑。小蕻這才意會問得愚蠢，二師兄線眼眾多又有順風耳呀！

小蕻挨着爐牀，有事想問，作為一個女孩又不好開口。二師兄卻説：「有什麼要問就問吧，趁我還有能力回答你。」「哈，你又知道我有問題，又知道未必有能力答？」「十八不離九！你再不問，我找二師嫂來應酬你。」「不要——」早已漲紅了面，支吾了一陣，又說：「這個問題，只有男生才可以作答。」小蕻難以啟齒，不過真的很想知道二師兄的看法，便問：

「芊蕤小姐，在你們男生看來，很漂亮吧？到底漂亮有沒有標準？」

「唔，男生看芊蕤漂亮嗎，答案應該是肯定的。漂亮不漂亮有沒有標準？我想答案也是肯定的。」小藾顯然對二師兄的回答非常失望，低下了頭。二師兄卻說：「小師妹，其實你將問題修正一下，答案自然就會不同，你就不會那麼失落了。」小藾好奇：「怎麼修訂？」「修訂為『已婚男生例如我，覺得芊蕤漂亮嗎？』，那麼答案便五十五十了。」小藾斟酌了一會，咭一聲笑出來：「二師兄當真狡猾，娶了師嫂就不敢說其他姑娘漂亮。我見男生總是圍着芊蕤小姐團團轉，你未結婚前應該是其中一個吧？」「沒有轉過這個念頭是騙你的。」楠師兄並不否認：「讓我來把現實揭開吧，人是社會動物，一個人在社會上有身分地位，不管男女，自然顯得漂亮；獲漂亮人兒垂青，在社會上別人也自然的對你另眼相看。芊蕤小姐非常掌握到自己的優勢，多了一份自信，也就更漂亮了，更漂亮就更多人追求，人也更嬌矜。」

「這樣嗎？那麼……」小蕻想到自己不算孤兒卻更似孤兒，即是說，無論如何自己都不會漂亮了，很是難過。正不是味兒時，楠師兄說：「小師妹，你在我們眼中算不上什麼中國四大美人，漂亮嘛卻是全票通過；更何況，過些時候，你更會愈來愈漂亮。」小蕻一喜，急問：「什麼時候？」楠師兄認真地說：

「當你不再問誰漂亮誰不漂亮的時候。」

＊　＊　＊　＊　＊

小蕻在飯堂找到雨果執事，喜不自勝，遠遠的喚了一聲，臉上早已泛起紅霞，那雙大眼睛比平時更水靈靈。被喚作執事的青年含蓄地跟小蕻點頭，每趟見到小蕻，執事都特別高興，可是近一兩年，愈來愈不敢表露出來。手長腳長的雨果，看來非常老成，比實際年齡老上至少四五歲，更有人玩笑他，你好像從未年輕過呢。

一個宗教底層的聖職人員，卻有着非凡的魅力，隨時預備衝破自我抑制的表面，散發驚人的熱誠。小蘋拿了自己的碗筷過來，又多拿了兩顆玉米，一顆遞給執事。「你來借兩位師兄幹什麼？」「我正要告訴你。」雨果把最後一口粗米飯扒入口，接過玉米，説：「我請他們兩位幫忙，將一些物品搬上靈隱寺。」原來教廷向當地政府申請，由教區出資，將靈隱寺活化保育，拉扯了多年，最近有了突破性的進展，「我們可以開始為期一年的初期探究工程，再就此寫一個完整的計劃書給市政府。這個任務，司鐸交了給我。」

未等雨果説完，小蘋已經拍掌叫好。「太好了，我剛好放暑假，一同上山豈不方便。」雨果知道小蘋會這麼提議，老早想好如何拒絕。「寺廟荒廢已久，沒水沒電，諸多不便，等我弄好基礎設施，你再來幫忙也不遲。」小蘋沒想過雨果沒預她的份兒，怪叫：「有什麼不便？我一直都是跟着你到處跑！」原來小蘋還是小孩時，雨果無論去哪兒佈教，都會帶上小蘋，二人一早就結緣了。不過他們的投緣並未能讓小蘋長出慧根，雨果的「在起初已有聖言，聖言與天主同在……」像魔咒一樣靈驗，每趟一說，睡覺蟲便來找小蕻。反而是師傅差派來看守小蕻的大師姐阿紙，必恭必敬的聽道，一對雪爪像當差的哨兵，站得一動也不動。「從前是從前，現在是現在。」這是雨果的心底話，卻未宣諸於口。從前可以把小蕻當孩子看待，現在卻無端的生分了。看着一天一天長大的小蕻，雨果着實高興，不過也莫名奇妙的失落；感覺二人的緣分隨着小蕻的成長終會走到完結的一天。只見不服氣的小蕻，正等待一個更像樣的理由呢。雨果盡量嚴肅，說：「阿紙年紀大了，我不忍心要她跑上跑落，萬一在山上受了露水弄壞身子，你們都要心疼。」「這……」小蕻倒忘記了這個關鍵。過一會，賭氣說：「我已經十七歲啦，師姐還要來跟着我。」雨果忍笑——就是十七歲才要看緊一點啊！雨果挑戰說：「你有信心說服她……」

「有信心要說服誰？」二人正說話時，但聽得後面一把聲音響起。二人同時抬頭——芊蕻，師傅的掌上明珠正笑盈盈的走了進來。

小蕻立時站起身，喚了一聲「芊蕻姐」，面上早已紅成一塊，早前背後品評她的閒話像給識破一樣。

「小蕻長得愈來愈標致了。」芊蕤點頭，言不由衷。漂亮不漂亮？原來女孩的關注點都一樣。

「芊蕤姐笑話我了。」小蕻說。心卻疑惑，難道千金小姐也練了順風耳？

芊蕤卻無心搭理小蕻，在她眼中，小蕻仍是個黃毛丫頭，她只有興趣跟男生打交道。她定睛望着執事，再問：「雨果，你還未答我呢！——有信心要說服誰？」雨果知道，芊蕤並沒有興趣了解與她沒有關係的事，還是老老實實的回答，果然，話到一半，芊蕤已打呵欠，截住雨果：「我還以為是什麼有趣的秘密呢。是我愚蠢，一個西洋和尚，一個黃毛丫頭，哪來的秘密。」

「芊蕤姐，你找我有事嗎？」一聽到和尚兩個字，小蕻不假思索岔開話題。確實，芊蕤不會來飯堂用餐的。

「我不是來找你，我來找雨桐。她呢？」

咦，真的，一天都不見雨桐，況且，執事入村，雨桐沒有不露面的道理。小蕻沒有在意，雨果眼神卻閃過一絲疑惑。小蕻舉目尋找雨桐時，芊蕵拿出一雙白色的高跟鞋，遞給小蕻，道：

「不用找了，一時三刻你不會找到她，又或者在房間也說不定。喏，這雙高跟鞋，我剛走回來時弄壞了，你幫我拿給雨桐修理。」

「哦！」小蕻接過高跟鞋，很佩服芊蕵無論什麼時候都堅持穿高跟鞋的能耐。正要坐回雨果身邊時，芊蕵卻投過來凌厲的目光，明白了，馬上給我去辦事的意思。

「明早我跟你晨修。」小蕻用唇語跟雨果說。雨果點頭。

果然，小蕻在房間找着雨桐。

「怎麼躲在房間？執事來了，你知不知道？」小蕻問。「是嗎？」雨桐站起身，放下手上的木梳含糊的應了一聲。雨桐最近剪短了頭髮。小蕻早已經想讚賞她的短髮，這時候便說了。雨桐卻拉開了酒渦笑，應道：「有什麼好看不好看，天氣熱了，這樣才爽快。」奇怪呢，這個笑，是心虛的笑！「你找我有事？」雨桐問。小蕻把芊蕤的高跟鞋遞給雨桐。「叫你來修理。」雨桐點頭：「知道了。」小蕤看見鞋跟黏住泥巴，不高興，說：「嘿，剛穿過的鞋子，也不弄乾淨才給人修理。千金小姐就是千金小姐。」經小蕤這麼一說，雨桐認真看高跟鞋，一看，馬上認出是那個地方的泥巴，登時面色擦白，問：「她——如何給你高跟鞋的？」小蕤於是把芊蕤到飯堂找雨桐的事一五一十說了一遍。雨桐聽罷，呆呆的坐在牀邊出神。小蕤不明所以，只覺得雨桐最近心神恍惚。便說：「雨桐姐，你不用操勞了，我找二師嫂幫忙更省事。」正要拿回高跟鞋，雨桐說：「我可以的。」馬上將高跟鞋放進牀邊的籐籃內。蓋子揭開，看見一塊格子布的一角。「你不先清潔……」雨桐飛快蓋上籐籃，「我會處理好，明天給回她。」

小蕤步出雨桐的房間……本想多聊一陣，但覺雨桐沒有留她的意思，只好信步走出來。「那方格子布，很眼熟呢，好像在哪兒見過。」

的確眼熟！方格子布正是山上瞥見的男孩身上的衣服，男孩，其實是雨桐！

當日較早時候，雨桐換上男孩的打扮，避開眾人的耳目，從一個乾涸了的魚塘進口走上山。魚塘早已荒廢，人蹤少至，平常日子，只有野狗在那兒遊蕩。雨桐為何易裝、選擇這條危險的路線上山？——她在趕赴一個秘密約會。她約會誰？——陸軍！

沒錯，是陸軍，就是小蘋在山腳入口瞥見的陸軍。正當小蘋的愛情花還是朦朧而未嚐滋味時，另一場戀愛卻已經熊熊烈火般熾熱燃燒！陸軍和雨桐，隱瞞了眾人，私下交往，快到約定終生的地步。要描述這段奇異的戀愛，還得倒退到兩年前陸軍初到茶餅廠。兩年前的雨桐，剛好雙十年華，在古城，這個年紀的姑娘，已到了談婚論嫁的階段。不過，雨桐哪來人跟她談婚論嫁？要得到一段良好姻緣，對小矮人孤兒來說，豈不難如登天！難如登天就能阻擋正常成長的少女對幸福的渴求？到了時候，心中的懷抱，愛情的夢想自然迸發，又有誰能阻擋這大自然的規律？還記得小蘋下課回家去找雨桐的下午，當時，雨桐正捧着《聖經》向聖母瑪利亞祈求，她說：「誰肯來愛我？誰肯不嫌棄我？啊！聖母，巴不得有人發現我如珍珠的美善，巴不得這個人立即出現。」

這個人當真立即出現，就是陸軍。

雨桐既然認定了陸軍就是她向聖母請求的回答，往後的日子，便將一副心思完全放到這名陌生人身上。作為年輕未婚男子，雨桐的愛慕，陸軍很快便察覺出來。最初他感到詫異，後來是猶疑，而到最後則習以為常以至於沾沾自喜了。可是，要他來接受雨桐的好意，有如天方夜譚！雨桐這兩年真是受盡感情的折磨，有時候，為了陸軍一句討喜的話高興得一夜難眠；有時又為了他一個冷淡的眼神而偷偷落淚。患得患失的心情真有如來自地獄的煎熬。正當雨桐快要抵受不住，要讓自己死心時。不知什麼緣故，事情一百八十度轉變。陸軍明白的說：「我們交往吧，只是不要讓廠裏面的人知道。」一旦衝破思想囹圄，下定決心，愛情之箭便火速盲目亂射，啊呀，眾裏尋他千百度，原來有這麼一個可人兒在身邊也不知道，至於缺點，都是微不足道而輕鬆容忍的。一句話：情人眼裏出西施！

陸軍說有事商量，着雨桐在老地方等他。雨桐聽得陸軍有一兩聲咳嗽，順道煮了萬應茶。二人一見面，馬上爭着訴說思念之情。陸軍比初來之時肥胖結實，加上愛情滋潤，更像一位有為的青年，在雨桐眼裏，無疑是無人能比的俏郎君。陸軍說：「雨桐，過兩天，我須得回家走一趟。」雨桐一聽，便知道陸軍要徵得父母親對婚事的同意，心中非常惶恐，苦笑說：「能辦嗎？」「你就相信我吧！」陸軍回答，其實心裏也沒有底。「能拖延多一兩天嗎？我去籌辦一些禮物送給伯父伯母。」陸軍笑說：「你有什麼好禮物？你不就是最好的禮物？爸爸天天跟不同單位送紅包，兩年前，他以為紅包攻勢能讓我去北京同仁堂，結果來了萬應茶，你不知道他有多失望。」雨桐聽罷，沉思了一會，忽然來了主意，登時臉上來綻放盼望的光采，道：「我明白了，我會預備比紅包更能打動伯父的禮物。」「也好，禮多人不怪。」這個時候雨桐才想起布袋裏的萬應茶。「你快喝了。」催促陸軍。「不過是天天見着的萬應茶，不用巴巴煮來給我。」陸軍笑說，還是接過打開喝了。雨桐檢查暖杯，見一滴不留，非常滿意，說：「這個不同。」「有什麼不同？」雨桐欲言又止，到底忍住，只道：「是我親手煮的。」陸軍一把將雨桐攬入懷中。過些時候，二人才依依不捨分手下山。

二人走遠，一個人從溪谷更深處走出來。

范芊蕤！她剛好在那兒歇息洗臉！

＊　＊　＊　＊　＊

「你真的要做司鐸嗎？」小蕻問執事。

晨霧剛散，空氣還帶着山上飄過來的清甜味，雨果已領着小蕻完成晨修。

「咦，小蕻，不見多日，進步神速呢，請教一下，剛才的晨修課，聖神如何領你關心司鐸的聖職？」雨果好奇。

小蕻怪責：「你聽不明白嗎？我是問你做不做司鐸，不是問司鐸這一個聖職。」

被怪責的雨果憐愛的望着小蘋，忍笑道：「小蘋，我真的很高興，你反過來問我聽不聽明白。一直以來，你對道理都沒有意見，沒有聽——不明白的。」

小蘋有備而來，並不介意雨果話中有話，說：「嘿，我跟你說，一個人什麼時候能把道理聽得明明白白？就是『得覺瞓』的時候；我跟着你一次又一次去佈道，天主道理早已入心入肺了。」

雨果瞪大眼，不知如何反應，小蘋的狡猾，難為了天主的老實僕人。「呃——」

「做不做司鐸，我知道，不是我等凡人能干預的事。雨果執事，是也不是？執事，你給我一點反應，好不好？」

雨果仍不明白小蘋心裏想什麼，「呃——是——不是——怎麼說呢——」

小蘋噗哧一聲笑出來，追問：「是要祈禱求問，得到天啟，是也不是？」

雨果點頭，「呃，你真的明白。」

「我早説啦，入心入肺。」

雨果是個老實人，竟然問：「那麼我請教你，大師姐阿紙，還有雨桐，聽道都是眼碌碌的沒有瞓覺，不然她們得道是水過鴨背？」

輪到小蕻兩眼碌碌，今天她有求於天主，不敢「掰大眼講大話」，只得承認：「她們內功深厚，早已跳過這一層……喂，不要扯開話題——」

雨果搔頭，「坦白説，我弄不懂你的話題……」

小蕻一雙大眼直直望着雨果：「其實，我有一事拜託你來求天主。」

雨果想到小蕻快要畢業，以為她要求問學業。

「小蕻，你想升讀大學呢，還是想盡早出來社會謀事？」

小蕻卻一味搖頭，「讀書定就業，是非常非常次要的事，比起我要拜託的事根本微不足道。更誇張的説，我拜託的事有了頭緒，書還讀不讀就可以定下來。」

雨果依然摸不着頭腦，「真的誇張，你直接說吧，有什麼事要我懇切代禱？」

這個時候，小蘋卻忽然面上通紅，十足山上發現的幼芽的玫瑰色，看得人心動，她輕聲說：「當你求問天主要不要做司鐸時，一定要把我也考慮進去。」

「一定要把你也考慮進去？」

「是呀，你要幫我問天主，如果你做司鐸，那麼小蘋怎樣呢？如果繼續做執事，小蘋又怎樣呢？」小蘋一口氣說完，馬上低下頭，面都不見了。

執事咀嚼小蘋的請求。過一會，眼泛淚光，「呃——小蘋，我真是……想也不敢想。你——我——」

這時候，小蘋勇敢地抬起頭，見到雨果的模樣，心中喜悅，猜得沒錯，這個大哥哥一直都喜歡自己。她拉起仍一面驚訝的雨果的雙手，道：「你幫我跟天主說，他老人家如何下聖旨我不敢多言，不過，我就只認定雨果執事一個人，不會改變的了。」

＊　＊　＊　＊　＊

雨桐拿着修理好的高跟鞋，走去敲芊蕤的門，「芊蕤小姐——芊蕤小姐——」房內卻沒有人答應，雨桐拉一拉門把……芊蕤在房內的，門在裏頭鎖上。「芊蕤小姐，我是雨桐，鞋子修好了。」隔一會兒，房內依然沒有動靜。雨桐想，這個人，不知又鬧什麼脾氣。她把鞋子放到門邊，說：「我把鞋子放在門外。」本來想探聽一下芊蕤有沒有撞到她和陸軍倆，她卻不開門！「也罷，」雨桐心想，「還是去辦給伯父的禮物才是正經事。」於是離開。

待聽得雨桐腳步聲消失了，芊蕤才打開房門，兩頭張看，見走道上沒有人，把鞋子快快拿入房，又馬上關上房門。昨天讓雨桐幫忙修理鞋子，實在有點意氣用事，就是要讓這對男女知道自己撞破他們的好事。靜下來之後，卻有了另外的想法；所以，現在的她，並不急於和雨桐對質——生怕自己的脾氣會壞了計劃！雨桐是個聰明人，鑑貌辯色，很快便明白，「芊蕤知道了」！

「哼，死陸軍！」

芊蕤把高跟鞋扔到牆角，坐到梳妝台前，狠狠地罵。「見你像樣一點，給你機會，有時玩弄你一下，竟然就放棄了，轉去追另一個……」芊蕤抬頭，望着鏡中的自己自言自語：「好芊蕤，這趟你什麼面子都沒有了，你的追求者放棄你，情願要一個小矮人雜工！呀！」芊蕤用雙手亂扯頭髮，恨不得即時把陸軍撕開。過一會，深呼吸，叫自己冷靜，「好芊蕤，你做到的，做一場好戲給這對狗男女看。」她開始悉心打扮。

陸軍在乾燥房找不到雨桐，卻在大閘前找着她。「雨桐，檢查一下這包陳皮，待會要蒸製。」陸軍大聲說，走到雨桐身邊，輕聲問：「大清早往哪兒跑？」「我上山預備禮物。」雨桐的聲量更細。「禮物竟然藏在深山？」雨桐甜甜一笑，點頭，「好東西自然藏得緊。」接過陳皮，雨桐揚聲說：「知道了」，便走開。

陸軍怔怔望住愛人背影，連身後有人喚他也聽不見。喚他的，是悉心打扮過的范芊蕤，一件連身碎花白裙，長髮披肩，嫵媚笑靨，用眼角瞅住陸軍。「呀——小姐——回來啦！」陸軍驚覺是芊蕤，期期艾艾。「知道我回來，也不來接？你不惦念我？」「呀——這——」陸軍不知如何是好，這千嬌百媚的小姐，曾讓自己苦苦追求，得到的回報只不過是給玩弄於掌上，一轉念，竟大膽的說：「小姐的車，不輪到我去接……」「機會是要自己爭取的。」芊蕤不讓他繼續說下去，伸出兩隻手指放到陸軍唇上。比着誰，都會怦然心動的動作，芊蕤讀到的陸軍的眼神卻是疑惑。芊蕤很失望，卻不好表露，依然帶笑說，「你對我失望嗎？相反，這個學期我靜心觀察，卻有了新發現，你道我發現什麼？」「發現什麼？」「你呀——」芊蕤走近陸軍身邊，「原來你就是那一個——驀然回首，此人正在燈火闌珊處的那個人。」「呃——我？」陸軍瞪大眼，嚇壞了。「今晚，在城牆上的茶寮見。一定要來，不然，我叫爸爸給你的評分打紅點。」

芊蕤走了，留下驚慌失措的陸軍。

＊ ＊ ＊ ＊ ＊

「你跟我訂婚吧！」在茶寮，芊蕤開門見山說。

城牆上，明月當空，羣星熠熠，晚風吹送。城牆上的夜，配合着一碗茶，是古城居民一時洗滌市廛銅臭的好寄託。陸軍懷着忐忑赴會，聽得芊蕤這麼說，心情反而鬆開了；這個玩笑太「玩笑了」，假得沒有人會當真。

「訂婚？我跟你？可以嗎？」陸軍反問得近乎揶揄。

看着從前對自己誠惶誠恐、現在卻滿不在乎的陸軍，芊蕤壓抑住心頭怒火，托着下巴俯身向前，說：「你認為自己不夠資格做我爸爸的東牀快婿？」陸軍還未反應過來，芊蕤已挨回藤椅背上，一笑，「你的確不夠資格。不過呢，婚姻不比戀愛，要現實得多。坦白說，我被催婚啦。爸爸說，結束你的所有愛情遊戲，找個適合的人結婚。」

陸軍滿面狐疑，不知道芊蕤葫蘆裏賣的是什麼藥，不過，到底是來了興趣。

「你覺得我是適合的人？」

「適合不適合，還得觀察，所以我說先訂婚。」芊蕤故作神秘。

「觀察些什麼？」直到此刻，陸軍依然不相信芊蕤要和自己訂婚，不過年輕人都是好勝的，不免好奇。

「觀察獨當一面的能力呀。誰不知道爸爸是茶餅廠的負責人，我是茶餅廠的唯一繼承人。可是，你知道我的個性，怎會在村裏守住這個輕工業，那麼，重任便落到爸爸的未來女婿身上。」

陸軍聽罷，一笑。心裏想：「啊，原來這樣！」這個道理誰不知道，若然不是，芊蕤又哪來這麼多追求者，當初我不也是巴巴的來追求？不過，近來的傳聞跟芊蕤描述的並不一樣。傳聞是：當局銳意發展中藥這一個產業，要制度化現代化，已經有將曾林和靈水二村合併的打算，也會把范泉師傅踢出局。

陸軍也是因為聽到風聲而停止追求芊蕤。

但見陸軍不作聲，芊蕤也假作不知陸軍的心思，娓娓說下去：「別人也太小看我爸爸了，爸爸是泰山不動，你能移走一座泰山嗎？移不動，於是就吹風，說什麼二村合併，納入管理。如果風吹就動，早就動啦！」

「咦！」的確如此，只聞樓梯響呢！

哼，你終於來認真了！芊蕤心裏怨恨，卻不表露，又問陸軍：「你來茶餅廠兩年了，有沒有覺察我們出的茶，比曾林村出的茶賣得貴卻更受歡迎？」

「這個嗎？」陸軍倒知道行情，可是並沒有深究原因，現在回想起來，不免責怪自己粗疏，有點後悔。其實陸軍不用責怪自己，大意過日子是青年人的通病，況且，兩村出產的萬應茶有了分別，是近年的事，靈水村也刻意低調。陸軍低頭納罕，卻不知道為什麼。但聽得芊蕤喚他：

「陸軍，你有什麼想知道的嗎？」

陸軍一想，竟是搖頭。芊蕤這一問，反而令他清醒，我還要來關心芊蕤，關心茶餅廠？他突然想念起雨桐了。不過——

兔子已經從洞穴探出頭來，難道狐狸會輕易放過他？

芊蕤追問：「喂，你知道為什麼我爸爸穩如泰山？」

「知道了又怎樣？」陸軍反問，「難道我托得起一座泰山，好小姐，你不要耍我啦！」

「來，我告訴你一個秘密。」突然，芊蕤把藤椅移往陸軍身邊，耳語了一陣。語畢，陸軍驚疑不止，瞪大了眼。芊蕤坐直身子，一笑，滿有把握的說：

「跟我訂婚吧！我把這個秘密給你完全揭開。」

＊ ＊ ＊ ＊ ＊

翌日，范師傅宣告，午飯後，茶餅廠全體員工，由上至下，要到大閘前空地集合，他有重要事情宣告。到了中午，所有員工帶着疑問來到集合地點，只見范師傅氣定神閒，朗聲說：

「大家到齊了，有請今天兩位主角出場。」

語畢，芊蕣挽着陸軍的手臂，從徐徐打開的大門內出現。

「嘩！」「啊！」空地上，馬上響起澎湃聲，大家都是明白人，一看便猜測到發生了什麼事，不過驚訝的是——「竟然是他」！眾人竊竊私語之際，只見雨桐臉色煞白，身體搖搖欲墜。范師傅擺手，讓大家安靜下來，續道：

「沒錯，你們眼睛看見的都是事實，不是吃飽飯午睡後的幻覺。我現在正式宣佈，陸軍即將成為我的東牀快婿，改姓范。」然後又轉身跟陸軍說：「范軍，你馬上收拾行李，回家告知父母婚訊，然後又馬上回來，在芊蕣開學之前舉行訂婚禮。馬上去，不要耽誤……」

范師傅語音未了，芊蕤便立刻推開陸軍，走過去拉走范師傅。范師傅被女兒拖着離場，有點失望，悄聲說：「你說會好好玩？完啦？」「你不覺得好玩，因為你不懂得玩，我就玩得很開心。走吧，我叫二師兄蒸了從北京帶回來的火腿給你。」芊蕤硬推着爸爸走了，騰下陸軍像木頭人一樣站着。眾人一湧而上，有人來恭賀他，有人馬上說：「往後請你多多關照。」更有人好奇請教陸軍追求術。二師兄阿楠走到他身邊，拍拍他：「幸好你叫阿軍，而不是叫阿人；不然，你正式成為范人了，哈哈。」三師兄說：「我負責送你，快去執行李。」

可憐的陸軍，連一眼都不敢望雨桐，以為會得着機會向雨桐解釋，不料早給芊蕤堵住了後路。他在阿清的監視下被送往車站。待公交車快要開出時，阿清遞給他一封信：「小姐給你的，車開後才可以拆開。」

陸軍暗叫不妙。果然，又一次，他被芊蕤玩弄。信中，芊蕤狠狠控訴陸軍，讓她承受被背棄的屈辱。對於背叛者，接受懲戒是他唯一的報酬。芊蕤更誓言，此生此世，陸軍都休想得到她，而她當晚向陸軍許下的秘密，和繼承茶餅廠的這兩樣，更是想都別想。芊蕤嚴重警告，如果陸軍再敢踏足古城一步，她一定把他撕碎……陸軍雙手震顫，連將手中的信搓成一團也沒有氣力，他把頭靠在車窗上，無意識地望着飛馳的景色，流下兩行眼淚。

雨桐的人生一日之間崩塌了，走回房間的路恍如攀越一座高山！關上門，她明白到，什麼愛情，什麼幸福，這種種，從此就如緊緊關上的大門，和她絕緣！掌管生命之神曾投給她一絲的希望，如今又殘忍地奪去了所有！好好哭一場吧，嘲笑自己的無知和愚昧，妄想突破命運早已為她安排的一切！雨桐開始哭，哭得撕心裂肺，把一生該流的眼淚一次過流乾。不斷有人來敲門，不斷有人來喚她的名字，她都一概不回答。大家拼湊着各自記憶中的碎片，開始明白過來了——這是一場三個人的愛情遊戲，愛情褪去了玫瑰色，賸下折枝和蒼白，並沒有贏家！在哀歎和爭論聲中大家達成共識——靈魂傷口的最佳治療師是時間，就讓時間來守護她吧。得到范師傅的默許，雨果召集了他在茶餅廠的信眾，為雨桐舉行了祈禱會。

日出，又日落，雨下，又見了彩虹，雨桐乏力了，餓了。她在廚房找到一碗新鮮的沙茶麪，在一個保暖杯內找到冒着氣的大麥茶，這是阿楠天天為她預備的，一天天的煮，又一天天的換，雨桐就着爐邊吃了。然後，雨桐往山的方向走去。大家無語看着她的背影，連范師傅也送來愧疚的目光，又開始打拳了，但求一切盡快回復正常。

雨桐抱膝，坐在一塊大石上極目而視。熟悉的景致，並不會因為人的心情變化而有了異樣。天空海闊，渺小的眾生，竟然說，天大地大沒有可容身之處，一顆微塵如我，現在豈不藏身在大自然的懷抱，接受着清風的洗滌！

那麼陸軍呢，他的光景到底如何了？

雨桐回想，她和陸軍的戀情，真的給芊蕤發現了！剛冒芽脆弱的情花，不堪一擊，一曝光便凋謝！不過陸軍也太傻了，看不出芊蕤的虛情假意？真寶和贋品當真那麼難以分辨？兩手空空回去的他，還有什麼前途，豈不跟自己一樣像活死人的活着？在這個虛榮拜金的社會，他的將來是如此黯淡，連熄火後的爐灰也不如，只能在茫茫人海中湮沒了！

雨桐深深吸一口氣，兩眼閃出復元的靈光。愛一個人，便愛他到底！「好吧！讓我來幫他一把。」

雨桐梨渦淺笑，當下有了主意，心中升起了新的目標！

第三章

捕霧之影

十七年前。

在起初已有聖言 聖言與天主同在 聖言就是天主

冥冥中早存真義 真義和天恩常偕 真義無非天恩

小蘖幫忙雨果將一副對聯掛上偏廳的兩條木樑上，之後，一個字一個字來讀。笑言：「上聯我懂呀，出自〈約望福音〉。執事，下聯呢，下聯是你寫的？」

雨果搖頭，說：「這樣好的聯對怎會出自我手，就是我能對，也不合身分去做成這件美事。是宗教部一位主管聯對的，再請省委書記賜下墨寶。」

「幸好我沒有亂讚一通……」小蘖點頭，這種來龍去脈，在新社會沒有人不懂，小蘖再認真看，搗嘴又來笑：「這手字，很——省委書記。」然後，見四下無人，索性放開手，開懷大笑。

雨果站在一旁，只等小蘖來笑，既憐愛又喜歡，和小蘖待在一起，已經很滿足了，見小蕻笑得喘不過氣，便道：「出去喝杯茶吧！」小蕻點頭說好。

為了工作方便，雨果在靈隱寺南方整平了一塊地，用竹籤混和沙泥建了一座小平房，雖則簡陋，倒能抵禦風寒。雨果在平房後面挖了一條坑，藏上水管，水管收集山水，再通到門前一個大瓦缸來收集。進入房間，雨果捧出一套茶杯，倒了一杯用山水煮的茶，先遞給小蕻。「慢慢喝。」生怕小蕻剛才大笑令咽喉撞了凍風。小蕻捧着茶杯，一味說好喝。這套茶杯雖小，每個小杯上都繪有耶穌故事，共七款。小蕻最喜歡「耶穌說，我是好牧人」，之後，繪上我是好牧人故事的杯子便成了她的專屬杯子。

一年前，雨果獲得批文，為靈隱寺做保育，是前期的探索研究工作，並不需要真正大興土木和大量人手。反而，雨果這一年增長了不少知識，他從市政府借來了浩瀚的藏書和報告，認真學習，又動用人脈，邀請各方面的專家來相互印證，無論是寺院的結構，院址的修繕，以至周邊環境的活化，雨果都已經積存了不少心得，這座垂垂老去、只餘一口氣息的寺廟，在雨果的腦海中，卻成了一個靜待重生，快要火活而出的鳳凰。最後的工夫，就是把一年來的努力，下筆撰寫成一份合情合理的計劃書，雨果便能為此項任務劃上完美句號。

「為什麼要在偏廳掛上一副對聯？」小薛放下杯子問。「你都完成工作快要下山啦，這個時候才掛上對聯。」

「正因為要下山才掛上的。這是預先張揚的事件，教廷爭取保育項目的目的，就是要做宗教共融的先行者。關於這方面的歷史，有很多值得參考的例子，比方清真寺變成天主堂等，我在計劃書內會有詳細的論說。可是，計劃書遞上去，批不批，誰來批，何時執行又是另一回事。」雨果向小薛解釋。

「這個我明白，是立此為照！當年是獲得這個主管認可的，是這個書記題的字，沒得抵賴，是也不是？執事，我覺得我好聰明。」

雨果點頭認同，又說：「世事難料，寺門一關，我下了山，誰知道將來要發生的事。司鐸既然將重任交付給我，多做一點鋪墊以策萬全是應該的。」

聽到這兒，小蕻坐正了身子，收起笑臉，說：「一年過去，要關上寺門下山，那麼，也是時候，我來給你一個考核，看你能不能拿到這一年特訓的證明書。」

雨果一聽，便知道小蕻所謂的考核，指的是祈禱考核，一年前，小蕻要他問准天主，是結婚抑或要升職。相對於小蕻的活潑開朗，鬼主意又多；雨果個性則含蓄模糊，不過多年來受到小蕻感染，也學習着幽默，讓生活變輕鬆，當下竟然想在小蕻面前賣弄一下，他假裝疑惑，一面不解問：「什麼考核，你給我特訓了？輕功，抑或是劈柴？」可是賣弄的時間點不對啊——他沒讀到小蕻面上的認真？

小蕻瞪大眼望着雨果，感到錯愕，完全沒料到的答案！真是一匹笨驢呀，難道要我女兒家來求婚嗎？又轉念，一想，抑或是天主已經下達命令要他升職，他難以啟齒，因而用這等話推搪過去？一念及此，已敲定自己的想法十八不離其九，準沒錯了，心情驟然跌落谷底。不過仍抱一絲希望，顫聲問：

「你沒有祈禱，沒有得到祂的批文？」

「當然有，我……」

「我也有，我每晚為我們──，不是，為你祈禱，答覆很清楚呢。」小蒴急急接下去，生怕雨果說的與自己期待的不一樣。

「我很高興天主聽你祈禱呢。坦白說，我倒得不到確實的回音。可能太忙了，靜不下來，而且，一得着空閒，腦裏想着的，全是你的將來，而不是我的將來。」

小蒴心跳加速，輕聲問：「你想到我的將來？」雨果點頭，肯定的說：「我跟自己說，小蒴一定不能捱窮，她有美好的前程，不能因為我而……」「所以呢？」聽到雨果這麼說，小蒴悲憤得滿面通紅。雨果不明所以，期期艾艾，說：「所以我去和你師傅商量。」「你找師傅商量？」小蒴快要氣炸了，近乎咆哮。「唔──」雨果嚇傻了，「不可以嗎？執事的工資，只會讓你捱窮……」小蒴霍然站起身，「我走啦！」「你去哪，我還沒說完……」雨果也急急站起問。「我忙着去找榮華富貴，沒時間聽你胡說八道。」小蒴狠狠扔下晦氣話。

憤怒加上輕功，雨果追出門外時，連小蕻的衣角也看不見。

回到茶餅廠，小蕻依然憤憤不平，但到底略略回復平靜。只見空地上，圍了一圈人在看辦公室門外的告示板。有人見到小蕻，走過來連聲恭賀：「恭喜小蕻，恭喜，你榮華富貴啦！」「吓！」小蕻想，只不過一句氣話。——「不知道？你快要成為開廠以來最年輕的經理。」「我？」於是，大家把她推到告示板前面。玻璃箱內貼着的，是來年人事調遷新啟事。果然，小蕻在頂端經理級的列表內，找到自己的名字——她即將成為生產部門的主管。「這個就是執事為我的前途爭取的？」小蕻喃喃自語，正自疑惑，後面響起師傅的聲音：「你現在才來，我到處找你。滿意吧，還會加薪呢，又分到花紅。」「師傅，是雨果嗎？」小蕻疑惑。「當然，還有誰？」「我不要做經理，我要的不是這個。」小蕻心裏難受，吸嘴，低下頭。「你不要！你不結婚啦！」「吓！結婚？」小蕻馬上抬起頭，驚訝。「對呀，執事來求婚。」這個時候，一直在場的二師兄開腔了，不，現在我們要叫他楠廠長，「他説要娶小蕻，如果師傅要小蕻結婚後繼續留任，非得升職加薪不可。」

天大的誤會！小蕻忘記了，在國內，任誰要談婚論嫁，須先獲得在職單位同意，因為有許多住房、戶籍種種的安排。原來……終於，小蕻又喜又羞，說不上話來。「唷，小蕻竟然面紅。」此話一出，引來哄堂大笑。楠廠長又說：「唉，你不知道師傅多費神，給你什麼位置好呢。粗心大意的女生……」小蕻顧不得害羞，馬上說：「我粗中有細，我什麼都能做，生產過程我全部掌握。」「有見過這樣恨嫁的人嗎？」「哈，哈……」小蕻高興得任人開玩笑。

「唉，唔嫁又嫁。」范師傅笑咪咪走開了。

「廠長——」這個時侯，三師兄阿清從外頭走進來，喚了一聲，神情凝重，又望了一眼小蕻。楠廠長會意，走了過去，其他人陸續散開。小蕻知道二人有事商量，不好打擾，又見經理欄上不見雨桐名字，「不如去找雨桐姐。」這麼一想，馬上走開了。

這邊廂，兩師兄弟耳語一番之後，但聽得楠廠長歎一口氣，道：「看來，事情一定朝這個方向發展了。」阿清無語。「可以做的，就是盡力保護執事的安全。」阿清點頭同意。「那就辛苦你和大師姐了。」楠廠長又是一聲長歎。

＊　＊　＊　＊　＊

雨桐聽見小蕻的雙喜訊，衷心向她道賀，「小蕻，現今世代，像執事這樣的人，真是俗流裏的清流，你要好好珍惜。」

小蕻連連點頭，「我覺得天主很疼我。」馬上，又自覺失言，這樣說，難道天主不疼愛雨桐了？雨桐卻不介意，道：「你知道就好了，要知道如何來報答祂。直到今天，你還沒有領洗呢。」小蕻兩手來捉住雨桐，眼眶都紅了，又恨不得把自己的幸福來分給雨桐，問道：「雨桐姐，我在調職表上看不到你的名字，不如我去跟師傅說……」

雨桐笑着搖頭，「你說的什麼什麼經理我才不稀罕，要知道，我現在管理的部門才是寶呢！」

「你指的是你那個只得你一個人的柴火部門？」

「不計阿鹿，算是吧。」

一年前發生嚴重事故之後，雨桐跟范師傅說，往後茶廠餅的雜務她通通不管，只來守着煮茶的火爐。雨桐還提議，要成立柴火研究組，「煮茶要迎來新方法，新科學。」當時雨桐是這樣說的。范師傅對雨桐心生愧疚，把芋蘸趕回北京之外，雨桐說的都答應了。不料，雨桐堅持要將整個柴火研發部獨立出來，至於人手，雨桐說給她四師弟阿鹿就足夠了。這一年，只見阿鹿和雨桐早出晚歸，只要煮茶的爐火火旺不滅，沒有一天停產，便沒人來過問她的研究，雨桐和茶餅廠共存卻沒有結合，還彷彿漸行漸遠。

「雨桐姐，你放心，等我坐穩經理的位置，便進行改革，把你那個柴火寶貝發揚光大。」

「我放心喎，某一天，某一個時空下，我的研究總會迎來出頭天，揚名於世。」

雨桐一頓，望一眼小蕻，續道：「我反而不放心你，師傅有跟你說，經理可以做多久？」

「沒有呀，不是一直做下去嗎？即使不是，我也會努力爭取的。」

「不是你爭取就可以，聽說在搞合併。」

「咦，你也知道？」小蕻取笑雨桐。

雨桐卻說：「這不是鬧着玩的，合併只是為國有化鋪路。」

「明白啊，即使是國有化，也需要專科專才呀！難道把我們通通趕出去？」

雨桐瞄一眼小蕻，欲言又止，「小蕻，你不懂的事情可真多呢！也罷，人生難得糊塗，但願天主疼愛你下去，讓你繼續做個糊塗人。」

* * * * *

小蘖一下子忙碌了許多。平常只放在腦裏的東西，現在開始用筆記簿着實記錄下來。平常只像浮光掠過的日子，開始留心細節，排出先後次序，也學習觀察同事長處短處，誰跟進誰可互補長短。更重要的是記下要來往的單位，必得通行的管道。一切忙碌處理事宜中，還未計算籌備婚事的各項要務！

用輕功補上，時間也不夠用！小蘖但願能借四師兄的腳，和大師姐的爪一用！楠廠長提醒她，最最要緊一件是申請住房。「要用天主堂名義申請呢，要用茶餅廠名義申請呢，趕快決定。你決定了，我可以走後門幫你。我認為，最化算是兩邊都申請。」小蘖卻搖頭：「執事不會答應這個化算的，而且他說了，天主堂那邊的宿舍我會喜歡。」

這一天，她便拿着執事簽名的表格出城辦事。迎面來了一個人。

「爸爸！」

久違了的爸爸，無事不露面的爸爸！同樣是濃眉大眼的爸爸硬拖小蘗上城牆上的茶寮。登上城牆之際，爸爸不忘交帶：「記茶廠的帳。」小蘗很不以為然，不過也無謂執著。以為爸爸詢問升職或者結婚的事，誰知爸爸神秘兮兮，貼到她耳邊問：

「捕霧之影！捕霧之影到底是什麼藥？」

「什麼影？什麼藥？我不明白你說什麼？」

小蘗爸爸一愕，「你竟然不知道？還是假裝不知道？」

「我真的不知道，可以說清楚一點嗎？」

小蘗爸爸認真望一眼女兒，雖則不經常走動，也知道這個女兒不懂裝假，便來唉聲歎氣，「這下可慘了，我如何向單位交代？」把小蘗弄得更糊塗了。於是小蘗爸爸將事件和盤托出。原來曾林靈水二村萬應茶的合併，弄了兩年都沒有進展，原因在於兩條村的萬應茶，同是一個方子，煮出來的茶，效用就是不一樣，而且，全國萬應茶標價，也以靈水村的最貴。有關單位要靈水村交出特別配方，范師傅卻堅稱，配方始終如一，他沒有膽量來竄改，最後方案在八十年代經兩村同意，成為定案。

「曾林村的師傅也堅稱是同源，大眾覺得他的萬應茶不及靈水村，純屬心理作用。」小蕻爸爸一口氣說畢。

小蕻聽罷，一笑：「原來這樣，哪來的秘密呀，不過是全省市都知道的秘密。我向你保證，捕霧之影簡直是捕風捉影，我連影兒也沒聽過見過。」

「那麼，你知道上頭派出探子嗎？」小蕻爸爸哼一聲說。

「什麼？」小蕻愕然。

「果然不知道，你在廠內的日子是白過了，幸好薪金照拿。」小蕻爸爸喝一口茶，續說：「半年前，合併專案小組要兩村師傅派人去他們那邊煮茶，然後找來兩批人，一批人喝曾林村的萬應茶，一批人喝靈水村的萬應茶。」「結果呢？」「結果竟然沒有差別。結論就是：在靈水村煮的茶，跟在專案小組內煮的茶的確不一樣。」「那就……」「那就是你師傅有秘方沒有交出來，而你師傅又矢口否認，小組於是派出探子潛入廠內調查。」奇聞呀，十足偵探小說，小蕻聽得傻了眼。

小蕻爸爸自顧自往下說：「最近，探子有了重大發現，秘方中原來有一隻新藥叫『捕霧之影』，探子也只是聽聞，沒有親眼目睹，他向專案小組彙報，專案小組向中藥界求證，竟然沒有人知道這個藥。想來想去，應該是你師傅自己在山上尋得仙草製成靈丹，這仙草的名字也由他來自創。」

小蕻但覺整件事非常稀奇新鮮，「師傅一點也不喜歡周山跑，怪僻的名字由他來創倒合乎他的個性。我最驚訝是藏身廠內的探子——爸爸，誰是探子？」「這……」小蕻爸爸給窒住了。小蕻不禁搖頭：「唉，說得繪影繪聲。也是的，如果探子真有其人，你也不用巴巴來找我。爸爸，我真的要趕去辦事。」小蕻正要站起身，小蕻爸爸急急說：「你要救我——我跟單位說，有把握找出『捕霧之影』。原來你不知道，那麼他們一定認為我招搖撞騙；認定我招搖撞騙，一定想我有什麼圖謀；認定我有什麼圖謀，一定會來對付我——」小薜立刻説：「有人來對付你，你什麼人也不要找，只做一件事就能救你。」「什麼事？」「走。」

＊　＊　＊　＊　＊

小薜交了文件，打算入城去天主堂參觀，當然也想看看未來要住的宿舍。坐公車K603，車程也要一小時。看完之後，有點失望，當年教區被霸佔的地方未曾完全收回，地方縮小了不少。主堂西班牙紅色的牆身也褪色模糊，像一個年華老去的舞者，依然天天要穿上舊舞衣循例表演一番，徒添惋惜。宿舍在從前學校的二樓，不能隨便出入，小薜只在外園視察了一下。回心一想，也不知是寬慰抑或是認命——雨果就是雨果，很容易滿足，又非常執著信念。「總之，他往哪兒去，我就跟着往哪兒就是了。」回程車上，甜滋滋的想着，幾乎錯過了下車站。匆忙下車，車站桿上，貼着萬應茶的廣告。

品質優良，採用純正中草植物秘製，造就四季清火，天然調理之上品

招紙左上角一個小圓圈內是老祖宗的繪像，標榜數百年不易宗旨呢。小蘖見過吉林市萬應茶的廣告，找來香港電影明星張仲文做「生招牌」！到底是老祖宗靠譜，抑或電影明星靠譜，小蘖認為是不用爭辯的。不過，廣告令她想起被恐懼之影死咬不放的爸爸。

真有「捕霧之影」這種新發明的仙草？

不管有抑或無，一旦認為有，那個隨之而來的影兒才可怕呢！比方恐懼，如果你讓他存在，那麼恐懼的影兒也會如影隨形，緊跟着你不放！

想着想着，茶餅廠在望了，小蘖同時瞥見門前的熱鬧，楠廠長、三師兄，還有四師兄，都在門前忙碌。平時各有各忙，這樣聚集的場面倒罕見。只差大師姐和她！

「喂！忙什麼？不能少我的份兒呀。」「當然不能少你的份兒，都在搬你未來夫婿的家當。」楠師兄指一指地上的大包小包，「最重是書籍文件，幸虧有阿清。」小蘋走上前看，果然，全都是雨果的物品。小蘋立刻向三師兄道謝：「我打算過兩天有空閒才上山幫忙收拾，怎麼就動手了？」三師兄說：「嗯——不宜久留——嗯——」「當然不宜久留，山上的事辦完了，還賴着做什麼？山下要處理的事才多呢！」楠廠長急急搶白。小蘋覺得兩位師兄很可愛，只不過隨便問一句吧，隨口又問：「大師姐呢？」楠廠長回答：「她留守到最後一刻才撤退。」引得小蘋大笑：「只不過搬家罷，到了你們口中似打仗。」大夥兒幫忙把雜物搬進室內，弄妥當之後，小蘋拉住楠廠長，「借個地方，我有事請教呢。」

小蘋把爸爸找她的事一五一十道出，然後問：「師兄，我爸爸說的都真？」以為師兄會來澄清，怎料他聳肩，說：「除了一兩個地方有出入，都是真的。哪又怎樣？」「吓！怎麼我什麼都不知道。」楠廠長笑說：「因為你從來不用為生存問題而煩惱。」

「又扯上什麼生存問題！」小蘖皺眉，不下一次，別人都笑說小蘖幸福，不用想生計，要想的，碰巧也有別人幫忙來想。「什麼都不知道，在這個社會是無法生存的。」楠廠長說得慎重。小蘖呶嘴：「那也不能什麼都不告訴我吧，難道我是一個局外人？爸爸說我的工資是白拿啦！」「你的工資當然不是白拿，他才白拿你一大份工資。——好啦，你想知道什麼？」楠廠長投降了。

「捕霧之影。」小蘖也不來兜圈子。

「這個不能說。捕霧之影是我們發明的獨門秘方，全靠它我們有反抗能力，未被迫到死角。」楠廠長斷言說。既然這樣說，小蘖也不來糾纏，再問：「探子呢？」楠廠長先哼了一聲，說：「給阿清打出去了。是武術班早期的學員，頗有潛質，幸好我沒推薦給師傅。」「是哪一個？」小蘖追問。經常有武術班的學員來茶餅廠幫忙，討一個飯餐也好，廣結人脈也好；人來人往，小蘖不大理會，如果有武術根柢，小蘖應該留意到。楠廠長卻道：「小蘖你好空閒嗎？你要留心的事多着呢！——還有，」楠廠長忽然話鋒一轉，「這一兩天不要上山了，反正雨果會下山，會見面的，多一事不如少一事。」「我當然聽你的，不過——」楠廠長卻擺擺手，轉身走了。待楠廠長不見了身影，小蘢自顧自說下去：「不過不見那一套小杯，執事可能留着，等我上去喝最後一杯山水煮的茶。」

* * * * *

夜深。

喵——

大師姐凌厲一叫，綠色雙瞳如閃電，兩爪伸出，撲向來人。來人原來早有預備，兩手拉開一個襲擊的架勢，鐵絲手套上佈滿穿刺，黑暗中，竟然可以聽風，瞄準大師姐的胸膛。

「殺！」

咕——一隻貓頭鷹驚起，深山寂靜，迴盪着阿紙的悽厲的慘叫。

＊ ＊ ＊ ＊ ＊

小蕻輾轉反側。看似平靜的廠房，卻給她山雨欲來的感覺，很不踏實。走出房間，但覺寒氣逼人，深秋了，望向靈隱山，遠景迷濛，不似秋高氣爽，更像春天的氤氳。大部分衣物都搬下山了，會冷嗎？回頭又想，真的等我去喝山水煮茶？這一兩天忍耐着的掛念，看見惱人的天氣，已像蟻咬的藏不住了。她先去找雨桐，「去一去就回，不要告訴廠長。」雨桐點頭漫應：「知道了。還有，留意一下你的大師姐，也不見她。」「好。」語音未了，雨桐半走半輕功向山奔去。

靈隱寺在山頂，平常人腳步，走走停停，要近兩個小時才到達。小蕻約摸八時已到達山頂，但覺比平時勞累，不單因為睡不好，也因為壞天氣。氣壓很低，太陽不出來，也沒有山風。

「奇怪，」小蘋直奔靈隱寺，以為雨果會在內舉行彌撒，空蕩蕩的寺廟一個人也沒有。在大寺門口見到數名行山客。「我們本來下山，見到你的背影便折返。」其中一個說：「這兩天都不見執事舉行彌撒。」這一批人每天摸黑上山，在靈隱寺參加晨早彌撒，有人真心敬拜，有人只順道休息。小蘋謝過他們相告，便往小屋去。

「執事，執事。」小蘋推門，房子卻在裏頭關着，她只好在外頭喊。

過不久，才聽見微弱的回聲，「我在打掃，灰塵多，你走吧。」

小蘋疑慮：「你的聲音很低沉，有點沙啞。」

「我蒙着手帕打掃。」

「開門給我吧，我幫你一塊兒打掃。」

「不，灰塵太多，你先回去。」

「哪有人關上門掃灰塵的——」見沒有反應，便說：「見一個面就不成嗎？難道你中了瘟疫——」

「砰啦！」突然，裏面傳來打破東西的聲音，然後是一輪咳嗽聲。

「執事，執事！」小蕻心急大叫。

「我沒事，我沒事，你不要來詛咒我。」

「對不起，對不起。我失言了，你開門啦！」

又是一輪咳嗽聲，然後雨果說：「小蕻，你下山給我煮個萬應茶，可好？快去。」

「好，我立刻去。」

小蕻連飛帶躍直往山下跑，走到山腰茶園。忽然，茶園內依稀傳來熟悉的聲音。

喵——

是大師姐！小蘋收住腳步，循聲音的方向走去，撥開茶樹——

一團濕濡的毛髮蜷曲在地上！

「大師姐！」小蘋驚叫。——肚皮黏住一大塊深紅的血跡，大師姐抬眼，向小蘋無力一笑。

* * * * *

雨果持續高燒，肌肉僵硬，呼吸困難，出現了感染冠狀病毒的徵狀。

公安接到消息首天，大為緊張，着各人做好清潔衛生，又立時通報衛生部，衛生部首先派人送了舒緩的藥物過來，並與天主教區聯絡，商議下一步醫療行動，送院是必須的，至於哪所醫院會接收，要等候進一步的指示；隔了一天，口風完全改變了——感染冠狀病毒純屬揣測，必先了解病患者致病的病源，在此期間，不能移動病患者，以免病毒擴散。衛生人員穿上全套預防衣物，上山抽取雨果唾液、糞便樣本就走了。

過了兩天，在教區和小蘖等人持續追問之下，才得到答覆，病患者確實感染了冠狀病毒，不過這隻病毒之前沒有見過，是新病毒株，要先培養病毒株，才能找出抗體，找到抗體，才能訂出醫療方案。「又或者病患者體內產生抗體供我們研究。」醫生又這樣補充，語調明顯表示，他們做的，已經是目前最能夠做的！

公安告知教區，既然病患者已移交衛生部，便沒有他們的事情了，要結案了，顯出無奈和同情。哪怕全古城已傳得沸沸揚揚，有人將蝙蝠的尿液抹到雨果臨時房屋各處！那怕這個人還公然在大街小巷行走！

對於小蘖來說，最荒謬的還不是這些——原來二師兄他們一早就知道，教廷派給雨果的，是一件危險的任務，是一個顯而易見的陷阱，卻沒有人來提醒他。教廷觸動到地方上的利益，更準確的說，一座廢廟，被一個西方和尚發現——商機處處！

錢財發出銅臭味，愈臭，愈引來更多的蒼蠅！

小蘋奔波於衛生部和雨果病牀之間，發揮了驚人的意志，即使見到愛人日漸虛弱，拒絕她的照應以免她受到感染，小蘋也毫不退縮。她彷彿一下子長大了，和衛生部周旋成了生活的主要部分，是人生中的最大磨練。小蘋忍受着一切，只祈求執事能康復。雨果患了肺炎，血氧含量極低，要靠呼吸機呼吸，這天，小蘋從衛生部爭取了營養液，由教區用雙倍的人工聘請的私家看護幫雨果吊上。

隔着手套，小蘋撫摸雨果長長了的頭髮，愛惜的說：「是時候給你洗頭剪髮了。」意外地，雨果沒有掙扎。每趟小蘋在場，他連呼吸也不願意，生怕病毒透過空氣傳染小蘋。「連掙扎的力氣也沒有了？」小蘋疑惑，強忍着淚水。下一秒，她又想到馬上要下山預備洗頭剪髮的用具，行動讓她沒有時間哀傷。她回到茶餅廠，拿了膠布、剪刀等用具，正要跑回山上，卻給二師兄攔住了。

「最後一次了，不要再往上面跑了。」楠廠長說，無疑是再做什麼也無濟於事，一句讓她傷心欲絕的話。

「難道——已到了最後時刻。」小蘖顫聲問。

「不是，怕你感染。洗頭剪髮太親密了。」楠廠長否認。

小蘖冷笑：「這樣虛弱的身體，連病毒也來嫌棄！不要再騙我了。」

像執行聖職一樣，小蘖仔細又恭敬的幫雨果剪髮洗頭——濯洗禮完畢，一個聖人出現了，頭髮全梳向後腦，露出光滑的前額，面容蒼白，瘦削的骨架近乎聖潔。小蘖忽然來了主意，要讓雨果曬太陽——她在護士幫忙之下，把雨果移出房外，而多日不見的太陽，竟然顯神靈似的露了面。

「執事，你一定會好起來，這是一個好兆頭。」

她把雨果的臥椅放到望向靈隱寺的位置，一道金光像聖環般悄然降在寺頂。小蘖怔怔望向前方，過一會，收回視線，只見眼前的雨果也閉上眼，盡情沐浴陽光和新鮮空氣。

比着從前，這陽光、這空氣，大家都毫不在意。

小蘖向雨果報告婚事籌備的進展。「宿舍鎖匙已經在我手——」小蘖又細細碎碎的說了許多話。最初雨果打起精神來聽，慢慢，小蘖的聲音飄遠，捉拿不住……小蘖不敢打擾，停止說話。雨果慢慢睡去，小蘖也伏在臥椅上……

她看見執事遠去，她追上前，「執事，你去哪兒，不要撇下我。」一忽兒，執事不見了，「執事，執事哪兒去，不要躲開我，說句話吧。」

有人輕輕推她手臂，是執事？是夢吧！小蘖從椅上抬起身子，原來太累睡着了；原來，執事真的用手推醒她。小蘖大喜過望：「執事，你有話要跟我說？」執事用眼神，引導小蕻的目光。

「靈隱寺，你要我去靈隱寺？」

＊　＊　＊　＊　＊

在起初已有聖言　聖言與天主同在　聖言就是天主

冥冥中早存真義　真義和天恩常偕　真義無非天恩

在偏廳，一副對聯孑然獨立，對聯下，守着傷患初癒的大師姐。小蕻了然於胸，潸然淚下。

安息禮在天主堂舉行，想不到，一位寂寂無名的執事，那麼多人出席他的安息禮，火葬和撒灰禮也隨即舉行。

＊　＊　＊　＊　＊

「師傅，再見了。謝謝你多年來收容我，教導我。」小蕻在師傅房門口拜別，范泉難過得沒有作聲。彼此都知道，此地一別，再無相見，等於是永別了。

小蕻一步一回頭，踱到大閘，一眾師兄姐都已聚集到這兒來相送。

「小蕻，至少讓我們知道，你打算去哪兒？」楠廠長問。

「連我自己也不知道。」小蕻的聲音小得不能再小，低頭。生怕眼神一相遇便改變主意。

「一有地方落腳，就給我們消息。」很少說話的清師兄也開腔。

「不了。」反而堅定了，抬頭說。

「你就不顧我們啦，不理我們啦！」雨桐說。

「對呀，整間廠，正是危急存亡之秋。如果我們有難，你一定要回來幫忙。我們這一堆人，算你最古道熱腸。」楠廠長乘機游說。

小蕻深深吸一口氣，跨步，踏出茶餅廠。

喵——

呦——

離開了茶餅廠，轉出靈水村，前路茫茫——

這個時候，卻聽見楠廠長千里傳音：

「跟你約定了，無論何時，何地，只要聽到『刺桐花開一片紅』，就要現身。是我們師兄妹的暗號。」

「記住了——刺——桐——花——開——一——片——紅」。

第四章

吠

十七年後，現在。

汪，汪——嗚——汪汪——

他聽見牠吠，他看見牠吠。左邊是用鐵欄圍住的培植場，右邊是一個人做高臺，高臺上是房屋嗎？有人嗎？黯淡的月色下無法分辨，只見一排緊密相連的鐵棚頂。

他忘記自己怎樣走到這窄路上，因此，往後頭走，他不知道通向什麼地方。前面，就是野狗站立的後方，卻亮起一排等距的光，應該是路燈的亮光。

他用腳試探，踢到一枝樹枝，慢慢俯身，拾起樹枝……，其間視線並沒有離開野狗。右手拿着樹枝，讓他來了膽量，認真打量野狗——環境模糊中牠的目光並不兇猛，從身材判斷還未成年。他嘗試踏前一步，野狗立刻後退一步。他望着遠處，幾乎笑了——只要手拿樹枝，若無其事又帶點謹慎走過去，大約二十分鐘吧，就可以抵達亮光，可以去到公路上。

可是——

汪，汪——嗚——汪汪——

忽然，野狗身後，走出一隻，再一隻，然後又一隻……。原來，野狗不是吠他，而是呼喚，像黑幫打羣架，吹哨，呼喚——一下子，他全身發麻，不知道有多少隻，只知偶爾聽到胡胡一兩聲，而更多是窒息的沉默，野獸瞄準獵物的沉默。

而且，狗嘯把月光止住了，狗羣更隱秘的躲藏在暗角中。突然，叫聲加劇！

汪——像發號師令，狗羣行動了，全速奔跑，撲向他！汪汪——汪汪——威嚇聲，刷沙—刷沙——奔騰聲，索索——索索——興奮的呼吸聲……他沒命狂奔！他聞到漸漸漸逼近的嗜血味——

呀——

推倒，踐踏；鋒利的牙齒、飢餓的唾液，他護住頭，護住臉。

猛噬——啊呀——無比的痛楚——

嘿——出了一身汗，從牀上彈起。

原來是作夢，一個噩夢，無比的噩夢。令如山摸一摸身體，一個傷口也沒有，他按壓心口，叫自己鎮靜，不過——

真邪門！

令如山摸索到手機……五時五十六分。

他出去客廳，開燈——

唉——唉——

「咦？」有人，客廳上竟然有人，聲音從沙發傳出，令如山提心吊膽，慢慢往沙發移動。

哼哼——哼哼——

一名男子，半挨半臥在沙發上，右手按着小腹。聽見腳步聲，男子勉強抬頭，衝令如山笑，虛弱的笑。

「清師兄！」令如山大驚，「是清師兄？」

男人沒有否認。

「你怎麼了？發生什麼事？」

「我被野狗咬傷！」

「野狗？咬傷？」令如山呆住了，剛才的夢……

他把全屋的照明都亮着，拉開清師兄按着小腹的手——

「哎呀——」

深深的狗牙洞，而血色——

「這血色——八九成是瘋狗——天呀——」

令如山慌得在客廳團團轉，「什麼時候發生的，我要做什麼？」

「陸軍，哼——哼——陸軍！」清呼喚現在易名令如山的陸軍。

「叫救護車，對，叫救護車。」令如山驚慌得自言自語。

清搖頭。「不——」

「報警，應該先報警。手機呢？——是，我拿着手機。」

「不可報警，不可報警。」清伸手來扯令如山，卻夠不着，反而郁動到傷口，臉上出現痛苦的表情。

「也要通知漁護處——打九九九就全做了。」他的手震顫，他看不清手機。

「不能打九九九。」清使力再叫。

「為什麼？」

「不是香港。」

「什麼！」拿着手機的手在空中擎住。「不是香港？」

阿清點頭。

「我們在哪？」

「蘇州。」

「吓！」噗一聲，手機掉到地上，阿清整個人倒在沙發。

第五章

倘若阿里士多德做過飯，他會寫出更多著作

「請你去長洲走一趟。」見希跟高皆說。

見希受聘，成了高皆偵探社的CEO，她也交出了亮麗的成績——她非常懂得「睇錢份上」——高皆偵探社的偵探們錢包腫脹了，多慘的案件，破案後都笑到嘴裂。

高皆打開手機，約略看一下見希傳過來的案件，把手機拋到沙發上。

「請你給我三個reason，我一定要接這件case。」近乎揶揄的語調。見希來了之後，最大的改變是要聽很多英文單詞。

「First，客戶太high-end了，要由頂層來entertain；second，見面再談喎，一頭霧水，案件連classify都做不到，一定要——哈哈哈。」說到這裏，見希竟然咭一聲笑出來，然後哈哈大笑，笑得喘不過氣。

「喂，姨甥女！」

是的，實在太過分了，畢竟，眼前的男子，不但是神探，更是姨丈兼boss。見希強忍住笑淚，吸一口氣，急口令：「這樣奇怪的案件是立志成為香港東野圭吾的你的最佳寫作材料 third 一個短篇偵探小說都寫不完最好去長洲走走吸靈氣。」

一口氣說完，生怕停頓下來又笑。的確可笑，一年了，轉了半職、單分紅的神探，滿以為有豐富的破案經驗就可以寫偵探小說，曾誇口：「一定要出席我的新書發佈會。」結果……

高皆再次拿起手機，說：「幫我 check 船期。」

「已經傳給你了。」

* * * * *

眼前的修女並不見得是「高級別」的客戶，大眼濃眉，體態豐盈。反而，她煮茶的一套紅銅茶具非常講究。

「天主愛你。」修女遞上一杯花茶，發自內心的祝福。「你先嚐嚐這杯『天主愛你』。之後，我預備給你『耶路撒冷的石榴』和『黎巴嫩山的冬麥』。」修女説。

高皆注意到講究的煮茶室上一排玻璃樽……

「聽着，修女，恐怕我沒有太多時間喝茶。」

「Juana，叫我Juana。又或者胡安娜。」

「胡修女……」

「不，胡安娜，胡不是姓呢！胡安娜是十七世紀墨西哥一位非常出色的修女，我很仰慕她。」

「呃——」高皆只好拿起「天主愛你」。

「如何？『天主愛你』在茶室最受歡迎。」Juana在碼頭經營一間茶室。

「這杯茶收多少錢？」

「啊，對了，『黎巴嫩山的冬麥』還未定價，我打算……」

「Juana，言歸正傳吧。」一向慢條斯理的神探一口喝盡「天主愛你」。

Juana 望一眼高皆，表示同情的理解，道：「樞機主教要我慢慢講，從頭說起，不要遺留任何細節，我沒有講故事的天恩——喝茶最能提神。」

原來是樞機主教！那真的是很特別的最高級別！

「唔緊要，你即管講，我會留心聽，之後，還可以對新茶訂價給你一點意見。」

高皆終於展露笑容，高皆式的笑容，來神了。

「太好了，你的接納給予我無比的勇氣。坦白說，我不知道為什麼要找私家偵探，我只不過想告假一段日子，主教卻不允許。好啦，為免你要喝太多茶——」

Juana 一頓，眼神飄向上方，又或者遠處，「二十年前……」

怪不得要喝三杯茶——

一座古城，一羣身懷絕技的萬應茶員工，像看武俠小說。眼前中年發胖的修女俗家名叫小蕻——「蕻，這樣寫的——你聽過作家端木蕻良嗎——對不起，打岔了……」——居然識飛！

……

「之後，我聽見二師兄千里傳音：記住了——刺——桐——花——開——一——片——紅。」

故事結束了。然後，Juana從口袋掏出一個白色金邊信封，「一個月前，我收到這個。」遞給高皆。

高皆打開，一張往蘇州機票連酒店套票。同是白色金邊的卡片，正中央印有一朵金花，下方一行字——刺桐花開一片紅！

「那朵金花是刺桐花，是我們的市花。」Juana 解釋。

多年前的一個約定，今天，在另一個時空出現！

「告假，就是要趕赴這個約會？」

Juana 點頭。

「你告假，竟然驚動到樞機主教？」

「真是意想不到。當然，我跟主教也有少許交情，每研發一隻新茶，我都會奉送給他。我收過他的親筆謝函呢。我向院長請假，院長爽快答應，誰知收拾行李時，就給攔住了。」

「讓我來猜，你剛好研發了新茶，送給主教時，約略提到你要離開一段日子。」高皆說。

「全對呀！」Juana 瞪眼。「你真是神探。唉，若我不多言，就不用勞煩你了。

對不起。」

高皆一笑，「恐怕你要繼續勞煩我。這是一起案件，或許更是案情複雜的案件！」

Juana 臉紅，又隨即流露不解的表情。

臉紅，和不解的表情毫不協調，高皆有非真非假的感覺！

「邀請函誰發出？怎樣送到你手上？」高皆問。

「……」

「你的師兄姐能做這樣貴重的邀請嗎？如果不是他們，誰知道這秘密？」進一步挑戰。

「……」

「為什麼去蘇州？」

「……」

Juana 瞪大眼，「呃！」

高皆笑了，這個才是真 Juana。

「我正式宣告，我接受委聘了。」

「我真高興你的出現，你一定是天主派來的天使。接下來，我要做什麼？」

高皆本來想說「做回你自己就可以」，回心一想，這樣不懂撒謊的女人非常容易被人欺騙，改口：「你好好待在靜修院，不要離開。這邀請函，我拿去了。」

Juana 滿口答應。送高皆離去時，又說：「高神探，給我機會幫忙調查好嗎？」

「你能幫忙什麼？」

「我懂輕功。」

「你仲可以飛？」高皆十分懷疑，Juana 一下子滿面通紅。

「其實你已幫我很大很大的忙。我想寫推理小說，滿腦子推理，卻變不出小說。長洲加你的愛情武俠，或許能打通寫作的任篤二脈。」高皆發自內心說。

二人走到主樓前廳，Juana 叫住他，「神探，不如你試吓下廚。」

「下廚？」

「是。下廚。」Juana 指一指懸掛在前廳的一幅字匾，「這是墨西哥 Juana 的名句」：

倘若阿里士多德做過飯，他會寫出更多著作。

第六章

輸了也是贏，贏了就更贏了

一眾偵探首次來高皆家中開會，高皆說他忙於下廚試新菜，請各人上他家。偵探們都說很樂意做「boss 的 guinea pig」。

一進門，見希就來收手機。

這是偵探社的新規則。見希認為，新科技太「恐怖」了，她要偵探們把資料儲存器放入腦袋內的記憶卡。反而，見希非常鼓勵紙本閱讀；她為偵探社訂了不少書籍雜誌。第一個叫好的是阿慕，原來他是科學迷呢，他見到社方訂了《科學新知》，不忙多謝見希，說他長期訂閱，現在可以「cut 單」了。

阿慕趁遞上手機前，不忙賣弄他讀到的一則消息：「哈哈，聽聽埃爾隆・馬斯克怎麼說：『贏了也是輸，輸了就更輸了；贏了，他是霸凌者，輸了，他就是失敗者。』」

「埃爾隆・馬斯克是誰？」阿樸問。

「他是馬斯克的老爹。」小梓搶出來答。「兩個大孩子朱克伯格和馬斯克話要鐵籠格鬥。老爹唔想，於是出口術，認為輸或贏都沒有意義。」

「哦——boss，guinea pig 吃什麼晚餐？」阿樸問一直沒有開腔的高皆。

「血橙烤鴨。」高皆從全新裝置的中島烹調區回答，「馬上開會，我唔想鴨煮好後放涼乾等。」

「好，由我開始啦。」阿慕說，「我負責萬應茶一干人等現在的下落。范泉師傅已經作了古人。古城還開闢了一個公園，叫泉公園來記念他，又出了名人紀念冊，當然，公園呀、紀念冊呀，都是村委收入來源之一……」

沒有人想回應，阿慕說下去：「在泉公園內，也有一個動物墓園，第一個下葬的是大師姐阿紙。二師兄阿楠轉變最大，唔做廚師又唔做武師，去了做開發師，土地開發呀，房產呀，總店在上海。半年前在眾人眼前消失了。去公司查問，答覆總是說執行長出差。

「三師兄阿清在古城開武館，繼承了范泉的武術事業。順帶一提，茶廠成功合併，表面是私營的——突然有人跳出來現金收購；邊度有人有咁嘅財力喎。收購之後，第一件事竟然是回收靈水村製造的萬應茶，然後銷毀，靈水村員工全部遣解散……」

「咁奇怪？點玩法？」阿樸問。

「聽說靈水村的萬應茶有一種成分叫『捕霧之影』，范泉始終不肯交出來。這叫做寧為玉碎，不作瓦存。」阿慕最喜歡拋書包，「還是讓我說下去吧，我聞到鴨香了。員工遣解散了之後，那個小人兒雨桐便跟着阿楠，也是轉行了，不過，無法查到她派了去哪家分店，似乎是有意隱藏行蹤。四師兄阿鹿回歸野外，上了山，死活從此不得而知了。七師妹在愛人死了之後，來了香港，大家都知道了，她就是胡安娜修女。」

阿慕一頓：「好，現在來交代兩個有意思的人物，范芊蕤和陸軍。」

「為什麼是有意思的人物？」小梓開。

「因為這對冤家都在香港。范芊蕥改名叫戴安娜，婚姻狀況無法分類。開了一家化妝品公司。陸軍改名令如山，從事藥業，公司最近搞上市，我還在查他的母公司，進度比較緩慢。或者你們有興趣知道他有沒有結婚，答案是結婚了，妻子在國內——boss，報告完畢。」

「我負責追蹤蘇州套票。」阿樸說，「套票從同一間旅遊公司發出，從香港往蘇州的有兩套，一套給令如山，令如山有兑現套票，而另一個套票是給胡安娜——為什麼國內同胞都癡迷改名換姓，女孩個個都癡迷安娜這個名字——算了。胡安娜要赴會，卻給樞機主教阻止。」

「奇怪，令如山不是刺桐號令的約定者。」小梓說。

「這是一個關鍵性問題……我還未做完報告呢！如果報告停在這兒，就枉費我是新進神探了。」

「好吧！」大家一同反白眼。

「我又查同一間旅行公司從國內往蘇州的套票。共三套，一套發去武館，給阿清，阿清也兑現了套票，另外兩套發去阿楠上海總店，一套給阿楠，另一套給雨桐，公司不肯簽收。説執行長沒有吩咐，不能代簽。至於雨桐，總店説沒有這位職員正確位置，也不肯簽收。好了，我的報告就是這樣，讚吓我啦！」沒有人有反應，阿樸給自己拍手掌然後坐下。

大家將視線投向小梓，她負責金刺桐邀請卡的調查。在她臉上，竟然看不見滿有把握的得意之色。

「我承認我的任務失敗，以為非常簡單的調查。我找到紙行，也找到墨廠，但他們都説近期並沒有這種紙和墨的訂單。於是我將相同的製作要求放上網，看看有哪些設計製作公司回應，再從中篩選可疑的，意外地，竟然一個 quote 都沒有，連假網站都沒有——boss，我很失敗。」小梓是那種「有錯就認，打就企定」的人。

高皆停止烹調，側起頭思考，比阿樸和阿慕做報告時認真，然後一笑，説：「沒有收穫也是一種收穫；它依然透露着某種訊息。小梓，不要自責，你的失敗，極有可能是拼圖的最後一塊。——好了，來個總結吧！」

總結？一室沉默呢！之後，阿慕大膽開腔：「Boss，坦白說，我不知道我在做什麼，查什麼？」

「會不會因為是樞機主教，我們過分緊張。」連新進神探也質疑。

「又或者，某個人知道了這個約定，跟舊相識開玩笑……」

這個時候，以為她人在魂不在的見希突然插嘴：「你們知道 offer 有多少？」

見希說了一個數目。

「嘩——」大家嚇呆了，「咁我哋嘅佣金——」新進神探數手指，「嘩，好誇張。」

見希點頭：「誇張的程度，跟現金收購靈水村萬應茶又銷毀有得 fight。」

「簡直不相伯仲——」阿慕又拋書包。

誇張——收購，咦，大家開始想到什麼了，收起胡鬧，認真思考……一分鐘，兩分鐘，之後，你眼望我眼——興奮的眼神，發光的眼神——齊聲大叫：

「捕霧之影！」

「Boss，猜中了？是『捕霧之影』的爭奪戰？」

「沒有真憑實據，不能武斷！」高皆說，卻沒有否定。「倒不如你們說說如何聯想到『捕霧之影』。」

「當然是錢啦！哈哈——說笑吧。」阿樸說：「我首先想到的是二師兄和雨桐半年前在眾人的視線中消失……」

「我也是想到這一點，二師兄，不就是立下刺桐花開約定的始作蛹者。所以，如果要發出邀請，豈不應該由他發施號令。半年前，他已留意到搶奪『捕霧之影』的危機，於是帶着雨桐隱藏起來。」阿慕接下去。

「為什麼帶着雨桐？極有可能，雨桐就是知道『捕霧之影』秘密的唯一仍在生靈水村員工。當他們消失了，便有假號令的出現，要引出雨桐和阿楠。」小梓也加入，「可是，還有一點想不通，為什麼是十七年後？」

「還不簡單，查一查各人現今的財務狀況便一清二楚。」阿樸説。

「連修女也要查？」小梓疑惑。

高皆笑了，「要查，不過不是查她的財政，是查她對天主是否忠心。忠於天主的修女不會説謊，而 Juana 明顯説謊了。來吧，嚐一嚐這一道血橙烤鴨。」

嚐了一口，嚐了兩口，各人一面點頭讚賞，心內卻疑惑，「認真的？」「糟蹋名貴食材了！」小梓偷偷放下刀叉，阿樸趁抹嘴，將嚼不動的鴨肉包在紙巾中。

這時候，聞到香噴噴的燒雞味。

叮——見希從大焗爐拿出燒雞。

「燈燈燈燈——」見希給每人奉上伴有蝦片的半隻燒春雞。

「這是老闆娘 my dear auntie 預早為你們預備的，她怕——boss，你唔介意吧？」

高皆聳肩：「當然不介意，輸給高手，輸了也是贏，贏了就更贏了。」

第七章 天酬

他又作夢了。他不急於醒來——他不是夢裏人。夢裏人是Juana。

Juana檢查背包之後，揹到背上。「好啦，捕霧之影，出發啦！」

頭上依然是修女頭布，身上穿的卻是白恤衫和及膝牛仔裙，腳上是一雙耐跑鞋。她向前跑，似有方向，似不辨方向；時而轉彎，時而直奔……依循指示，一把微弱聲音的指示。聲音如針又如棉，最初近乎聽不見，漸而響亮了。「是了，還有五十碼——」「向左急轉——」

Juana見到前方一個點，心頭猛跳——五師姐！她幾乎叫出來，抑止住，加快了腳步。五師姐越見清楚，從點變為模糊影像。

突然！

「停止，胡安娜，停止！」聲音急喚，近乎刺耳。

咻！嚓——跑鞋在地上擦出痕跡。疑惑望向那個影像。

影像仰頭，四周視察，不，是聽風，是索嗅。

Juana 開始留意身處的環境——一個空曠的野地，遠處近處，像鋪滿麥桿的乾黃。在她前面，似有一大幅紫色的輕紗，輕紗飄呀飄——

可是，她感覺不到風。

「好好聽着，胡安娜，你的正前方，有大片劇毒的蘆花。」五師姐阿凰說。

「什麼？」

「我不知道。昨天還不在，有人做了手腳。」

「啊！」直覺反應，Juana 立刻摸摸身後的背包。幸好，背包好端端的。

「那個人，我不知道是誰，應該很熟悉藥性，一個高手，可是，怎麼可以一夜之間讓蘆花長出來？」

「你肯定有劇毒？」

「當然，我認得它，叫笑蘆花。」

「吃了有什麼後果？」

「不是吃，是聞。你見它在飄，是將有毒的氣味播散。不過你放心，它的氣味過重，不能飄遠飄高。」

「聞了有什麼反應？」

「聞了一分鐘，會假死，不知道的人以為他死了，會將他埋葬。早年還好，現在是火葬。」

「啊！——那，我閉氣走過來。不過，我不肯定能不能閉氣一分鐘。」

「如果能閉氣加輕功，相信安全。這個藏在暗角的高手好狠毒，解藥在華山之巔。即使嗅半分鐘，如果是二師兄，很快醒來，噁吐半天便沒事。如果是三師兄，用內功將劇毒逼出體外更省事，像在蘇州，他就是用內功將瘋狗唾液逼出體外——胡安娜——」

「師姐？」

「看來，笑蘆花是特意來招呼你的。」阿凰的聲音更刺耳了，在生氣。

「吓！」

「胡安娜，施展輕功啦。」

「我！師姐，我辦不到！」

「唉，你天天吃什麼？你是修女！」

「師姐，你救我的時候我已是胖娃。所以，不關事，是我太忙沒有恆心練習。」

「那怎麼辦，我又……不説了，你把背包拋過來！唉，你拋不到那麼遠！你到底學了什麼？」扯火了。

「師姐，如果我呢？不是二師兄，不是三師兄，是我呢，聞了半分鐘，會怎樣？」

「不是叫笑蘆花嗎，如果幸運救回，也會即時癱瘓，恢復後身體東歪西倒，傻笑好一段日子。」

「就是這樣？」

「就是這樣……啊，你想怎樣？不要！」阿凰猜到她要怎樣做了。

「好啦，天主，中毒當天酬啦！」

Juana 拉一拉兩肩上背包帶子，深呼吸，然後閉氣，提腳，對準茫茫的花紫海上騰。

五師姐搗口，聽見牛仔裙移動聲響，忘記呼吸。

灰藍色的頭布空人飄舞，快速飛行，過了一半笑蘆花——

「哎呀——」下墜！

「師姐，我成功了一半。」Juana 發出勝利的微笑。

「接住了！」在未失去知覺之前，拋出背包。

令如山從夢中醒來。

「五師姐阿凰原來在香港，『捕霧之影』一早在她們手上！」他喃喃。

第八章

不要小看自己的存在，
更要放大天主的能力

「嗬！」阿慕啐嗬雙手，預備在電腦前大顯神通。除了死纏爛打神功之外，阿慕更是電腦高手。

「既然委託費如此豐厚，你就做grand一啲啦；唔係，應該話，有咁grand，做咁grand。」見希說。

「知道啦！」

阿慕迅速運算，一間國際級的虛擬公正行誕生了。輝煌的業績多不勝數，最近又有新委託公告天下。

> 某某國際藥業委託本行就「捕霧之影」進行商標註冊，一經註冊，任何人均不能就上述藥材進行與商標複製行為或使用，以及任何研發的非商業及商業行為。任何意圖覆核商標註冊人士，或者申述對上述藥材擁有版權利益人士，請於本行發出公告日子起計算二十天內提出申告，並與本行聯絡。

「得唔得㗎，明唔明㗎，咁拗口。」小梓皺眉。

「愈唔明愈似法律文件，你信阿慕啦。你們留守大本營靜待佳音，我出去辦事！」阿樸說。

「你去邊，萬一有人上釣呢？」小梓問。

「我不懂和電腦溝通，還是做回我最擅長的事。」

「你擅長邊瓣？」一齊問。

「易容嘛！唔記得啥？」

＊　＊　＊　＊　＊

「嗝——嗝——」Juana做完彌撒，步出教堂，走去取自行車，邊走邊打嗝，邊走邊傻笑，還走得東歪西倒。

見到馬爾谷神父站在她的自行車旁，一隻手按在手把上。

「咦，剛才主持彌撒，怎麼那麼快便走出來。」Juana 狐疑，不知道眼前的神父，是阿樸易容。

「天主與你同在——馬——嗝——神父——」傻笑的她，幾乎是撲向阿樸。

「天主與你同在，胡修女。」

「胡修女？嗝，你叫我嗝，胡，嗝？」

「跟你開玩笑吧，我當然知道是胡安娜，Juana，墨西哥名字。正如我不是馬神父一樣。嘻嘻——」阿樸急忙修正。

「有事？」Juana 盡量少說話，除了急於擺脫，也不想不斷打嗝，不過依然傻笑。

「胡修——Juana，你要告解嗎？」

「告解？」馬上，Juana 滿面通紅，心臟——噗噗——噗噗——的跳。

阿樸忍笑，這個「是否對天主忠誠」測試實在太容易了。

「傻笑、打嗝、東歪西倒……你——係唔係要跟天主說明一下？」阿樸探視 Juana 雙眼，嚇得她連忙低頭，差點跌倒。

「小心！我扶你去告解室。」

在告解室。

「馬——神父，改天啦，我——嗝——哎唷！」阿樸聽到跌倒聲。Juana 被天主擊倒。

「Juana，你的情況不容樂觀，請你快快將重擔交給上主，一刻都不能延誤。」

「可是我……口齒——嗝——不清。」

「跟上主講話，上主會潔淨你的嘴唇的。」

「我——嗝——不——神人。」

「不要小看自己的存在，更要放大天主的能力。Juana，天主需要你繼續存在，沒有謊言的存在；只要你決心棄絕謊言，天主就能在你身上放大祂的能力。」

「馬爾谷神父，你的這番話，對我近期的生活就像一面鏡……咦，我唔打嗝了。」

「嘩嘩嘩，天主顯靈了，快點告解，自然藥到病除，連心魔也能驅除。」

「好，我明白了。神父，我不斷講大話，第一個大話，我說最近收到刺桐花號令，其實半年前已經收到的，是二師兄給我的……第二個大話，神探叫我留在靜修院，其實我沒有，就是偷偷走出去，中了毒……」

第九章

帶你去最接近天堂的地方

「Boss，我想聽道理親近天主，請 boss 娘帶我上天堂，不，上教堂啦。」阿樸說。高皆的太太、見希的姨媽是虔誠天主教徒。

「教堂唔難搵，唔少得過 Seven。」阿慕搶出來幫高皆拒絕。

「請教，你無喇喇為何要上教堂？」小梓非常有興趣。

「天主這個大老細跟得過，他一出手，Juana 唔打嗝了。」

「她的傻笑和東歪西倒呢？」阿慕提出質疑。

「傻笑和東歪西倒是中毒的後遺症，而打嗝是因她說謊產生的心理毛病。」

「阿樸——」高皆叫他。

「好吧，我返嚟啦。」阿樸清清喉嚨，調整心態說下去：「大家必須明白，告解不同於落口供。我發揮想像力，才能將 Juana 的告解拼出一個接近事實的故事，中間有不少窿窿，加上時序上的疑點，大家暫且接受即可。

「自從 Juana 的愛人死了以後，Juana 便告別家鄉，跟各人斷絕往來，忘記前塵，來到香港開始新生活。半年前，多年不見的二師兄找上門，告訴她一個壞消息，這個壞消息應該是關於雨桐的——我之所以這樣猜想，是因為若然純粹關乎『捕霧之影』，是觸動不到 Juana 的凡心的。於是，一個叫『刺桐花密令——保護雨桐行動組』出現了，其間，一直不知下落的五師姐阿凰也因此浮出水面，並且加入行動。就在一個月前，假密令出現了，行動變得非常危險。就在蘇州，三師兄給瘋狗咬傷，再之後是 Juana 中毒。我拼湊出來的面貌就是這樣。應該有百分之七十準確。有兩點非常肯定，第一，人證物證分開收藏，即雨桐和『捕霧之影』分開兩個地方保護；第二點，人證物證暫時都安全。」

「誰對阿清和 Juana 狠下毒手，為的又是什麼？」小梓問。

阿樸點頭：「這就是我說的窿窿。況且，中毒、被瘋狗咬——我不知道 Juana 係唔係真心相信兩宗事件純屬意外。還有一個非常令人想不通的地方，去蘇州被狗咬？一夜種出來的毒草……駛唔駛咁周密迂迴？」

「又唔係話唔得，」阿慕從《科學新知》抬頭，他有一個新習慣，就是一面開會一面看雜誌，「有一篇文章報道，人腦和AI……」

「得啦，關人腦咩事？」小梓馬上打岔，她對科學非常沒興趣。

阿慕聳肩，收聲。大家轉而望向無案不破的高皆。

「除非——那個人擁有超級能耐又超級低能——除非有這樣一個人。」高皆望一眼阿慕，又補充，「阿慕應該明白……」

「咁即係邊個？」小梓又一次心急打岔。

高皆卻說他不知道，令一眾神探非常失望。

鴉雀無聲之後，阿慕打破沉默：「不如來看看我釣到什麼。」

大家精神為之一振，網上公正行的耕耘看來有回報。

「這幾天，公告有數不盡的回應呢。」阿慕說。

「咁咪啱晒你！」阿樸取笑阿慕的死纏爛打。

「有新科技唔用靠死纏爛打是笨蛋。哼——」阿慕按一下電腦，就出現AI幫阿樸做篩選的報告。

合乎條件作出品牌商標註冊申訴方有兩家公司，芊化妝品有限公司以及首龍製藥股份開發企業。芊化妝品有限公司堅持要來公正行的實體公司當面會談。首龍製藥則邀請公正行派員上企業總部商談。

「哦，就是芊蕤和陸軍兩個孖寶，他們蒲頭了。」

「唔，范芊蕤的要求合情合理，反而是陸軍要我們去他公司有點奇怪。」

「待見希成立實體公司之後才約戴安娜小姐吧。」高皆說：「至於首龍，誰想去會一會陸軍，即令如山？」

小梓舉手，「這白金信封應該和他大有關係！輸了一仗，豈有此理！」

高皆同意由小梓應約。

「小梓，不要輕敵，小心內有惡犬！」阿慕說。

「又驚你發花癲。」阿樸再說。

「哈——哈——哈——」

小梓走過去要打二人。高皆卻說：「他們說得對，不要輕敵。」

「可是，還未有case，我不能帶槍。」和警方合作多時，什麼時候可以用槍，小梓已經很熟習。

「不如帶這個啦！如何？」

阿慕拿出手銬，搖晃。

＊　＊　＊　＊　＊

首龍在灣仔，到處都是地面工程，又天橋處處。小梓要去的大廈，可望不可即，以為可穿越的人行路，原來一定要上天橋，改行天橋，誰知把她引去離大廈更遠的方向，而距離約會時間愈來愈少，小梓卻一路被逼去銅鑼灣。

在繁忙的交通交匯處，四條行車線堵得厲害，當中有一個礙眼的油站——沒有行人可以橫過的地方。小梓打算利用油站，索性穿過油站，再穿過移動緩慢的車龍。

謹慎又敏捷——來到油站……穿過油站……走過油站……走近油站花槽……突然——

「小心！」油站上傳來大叫聲，「後面有車，喂——」尖叫！

小梓回頭。

胡——胡——

一輛跑車——啞灰色的跑車，快如閃電的跑車，無人駕駛？

胡——胡——摩打聲怒吼，衝擊小梓的耳膜。跑車在她眼前擴大，有如怪獸。

「嘩——」更多尖叫聲！

突然，小梓腰間感受一股強大的推動力，腳一沉，整個人——被推出去，小梓機靈，借勢翻滾——滾向油站花槽。

「嘭」的一聲巨響，繼而是極大的騷動。跑車九十度角撞向十二點位置的酒店巨柱，巨柱有一大片雲石被撞碎，無人駕駛車卡在巨柱上，引擎空轉。小梓爬起，出了一身冷汗，只是皮外擦傷，可是，如果巨柱是她……

剛才誰推開她？

小梓環顧四周，看見一個女人正急步走上天橋。

「不要走。」小梓向女人大叫。

女人的腳步更快了。小梓更肯定剛才推她或者救她的就是這個女人。

「你不停下來嗎？」小梓一邊說，一邊搶步。

「哪裏走？」一手拉住女人的衣領。

女人站住，轉身，超大的墨鏡，淡定站着，問：「什麼事？」聲音如針又如棉。

「咦！盲嘅？」小梓狐疑，伸手試探——果然是盲女人！信心動搖了，一個盲女人怎會救我？況且，一身骨架沒有肉，年紀看來不輕了。

「對不起，我——為什麼我說站住，你走得更快？」小梓問。

「我聽見巨響，只想快些離開。」女人答。

「剛才——有一輛無人駕駛車撞向酒店雲石柱，那一下巨響就是碰撞聲。」小梓解釋，不提自己差點喪命的事。「我以為——你還是快回家吧，小心走路。」

「知道了，你也小心走路。幸好你身手敏捷。再見。」盲女人說。

「再見。」小梓步下天橋。

——「咦，且慢，她為什麼說我身手敏捷？她又看不見！」

電光火石——小梓猜到是誰了，五師姐阿凰！馬上，她用藏在耳內的對講機跟偵探社要求指示，然後——

小梓飛快去追盲女人，一面掏出手銬。

阿凰聽見腳步聲逼近，兩手暗暗架開，等小梓再行近。不料——

咔嚓──

給小梓鎖上手銬。

「什麼來的？」阿凰不斷拉扯。「手銬？」

「不要拉，你把我也扯痛了。五師姐。」

阿凰一怔，「你知道我是誰？」

「你是誰？你是我的恩人囉。女盲俠，多謝你救我，又『看』穿我身手敏捷。跟我走吧。」小梓說。

阿鳳不掙扎了，問：「你要帶我去哪兒？」

小梓笑說：「帶你去最接近天堂的地方。」

第十章

易容做祈禱勇士

「Boss，五師姐已安全送去靜修院見Juana。」小梓說。

「靜修院就是你說的最接近天堂的地方？」阿慕問。

「當然啦！唔係你覺得係邊處？」

「《科學新知》有一篇文章說，原來真有靈魂出竅這一回事……」

「夠了，落番地面啦，好唔好。」阿樸說，不待二人回嘴，馬上轉向高皆：「Boss，五師姐認為江湖的事江湖了，她想單人匹馬執行保護令，私下解決陸軍。她跟蹤小梓——憑着她的體味。就是這樣，意外地，救了小梓一命。」

「小梓，是我疏忽，我不應該讓你執行這個危險任務。」高皆說。

小梓搖頭：「我也太大意。經一事長一智，原來我的偵探生涯還在起步點。」

「這個阿凰武功當真了得，又有驚人意志，如果不是盲了，可以是新一代武學大師。是了，她怎樣盲的？」阿慕說。

「這又是二十年前的一段故事。」小梓說：「二十年前，阿鳳發現自己視力有問題，去醫院求診，竟然診斷出係視網膜惡性瘤。」

「唉——」

「她不能接受自己由一位武術學者變成病患者，修武所謂何事？增強魄體，鍛鍊人格。阿凰覺得，再留在茶餅廠，就是砸師傅的招牌。」小梓續說。

「范師傅應該挽留她吧？」

小梓搖頭：「衡量輕重，范師傅就隨阿凰的意思做了。范師傅雖然孤寒，也給了徒弟一大筆金錢，着她去香港訪尋名醫。」

「畢竟她盲了，始終醫不好。」

「執返條命已經是奇蹟，二十年前喎。她自己慢慢鍛鍊，現在的視力也恢復少許。」

「她怎麼知道刺桐花行動？」阿慕問。

小梓一怔：「這個……」

阿樸說：「你忘記那個耳聽八方的二師兄了？他更是行動的號令者。相信他一直有跟五師妹聯絡。我真心佩服阿凰，不過，他認定令如山是嫌疑犯未免有點武斷。」

「怎會是武斷，用車撞我！」小梓反應極大。

「他為什麼要殺你？」小樸反問。

「……」

阿慕說：「我同意阿樸的觀察。令如山的嫌疑只夠百分之五十，另外五十還要留給戴安娜。」

對了，差點忘記戴安娜。

「戴安娜已經等不及了，睇嚟佢好等錢駛。」阿慕説。然後從電腦取出她發給公正行的最新訊息：

公正行閣下，看來你並不相信我作為「捕霧之影」專利持有人的資格，以至閣下毫不理會我申請為反對方的要求。好吧，我作出最大限度的退讓了。我撤銷商標註冊的反對抗辯。只要付給我美金五萬圓，我還會提供我的獨家資料，用作説好商標故事，商標有故事，升價百倍呢。對方以後成功申請商標，我只要求百分之一的商業利潤，絕不反口，簽約作實。為顯示我的誠意，在此稍為透露一些我個人的秘密。我是范泉師傅的獨生女兒，本名木登，由橙字拆開，我一出世已派定六師妹這個身分了。范木登，實在太難聽了，我要求自己改名，爸爸同意，此無他，因為我學武不成，他顏面無存。如果去古城查戶籍，會核實到我的真名，便知我所言非虛。閣下，我連從來閉口不宣的私事都向你揭露，便知我所言非虛。快存美金到這個戶口，勿失良機。

「哈哈，木登，真心難聽。爸爸要跟女兒作對嗎？老師點名，范木登，范木登，其他同學不大笑才怪。」

「叫范橙咪重慘，改名木登表示爸爸很愛錫她了。」

偵探們的注意力給戴安娜的名字風波轉移過去。

阿樸認真細閱戴安娜的訊息，然後說：「我悔改啦！這個范木登，連百分之五十嫌疑犯都夠不上。應該從嫌疑犯的名單中剔除。」

「為什麼？」小梓問。

阿慕說：「成為嫌疑犯，也要有成為嫌疑犯的能耐。蘇州套票，無人駕駛跑車，她能付擔嗎？」

「不是說查財政狀況，就知道誰要在十七年後動手？」小梓想起她曾經問過這個問題。

「恐怕她經營的化妝品公司，連財務報表也交不出來。」阿慕說。

「咦，快些截住見希。」只見阿樸拿起手機。

「關見希什麼事？」

「通知她停止搞實體公正行呀，否則我們的花紅給攤薄了。」阿慕解釋。

「即是說，放棄木登？」小梓問。沒有人回答，小梓說：「哈，又話令如山是嫌疑犯是武斷。」

「小梓，戴安娜不是嫌疑犯，並不代表令如山就是嫌疑犯。這種說法不合邏輯。」高皆說。

「Boss，不用說得那麼哲學的。」阿慕說。

「Boss，你說得簡單一點，讓小梓來明白。」阿樸也加入取笑小梓。

「喂——」

「恐怕你們是五十步笑一百步吧！」高皆卻說：「小梓，也難怪你。我不是說過，我們的對手，一是擁有超級能耐，一是超級低能？或者兩者皆是。」

「超級能耐，又超級低能，有這樣矛盾的人嗎？」阿樸說。

「Boss，好唔好簡單解釋一下？」小梓真的給弄糊塗了。

高皆點一點頭：「超級能耐，就是種出毒花，指揮瘋狗，還可以搖控跑車，還未計不經製作公司做出邀請卡。超級低能，就是見人就殺，毫無理性……」高皆一頓，續說：「要抽出這樣一個對手，恐怕你們三個都沒有本事。」高皆說。

小梓笑逐顏開，「明白了。聽見吧，三個呀！」

「我哋三個都無本事，咁係唔係boss上場的時候啦？」阿慕說。

高皆默認了。

「去邊度搵這個超級低能的高手？」阿樸很想知道。

「少不得，還是要由令如山入手。」高皆說。

「你貿貿然去找他？我可以同行嗎？」小梓皺眉。

高皆搖頭，「他會主動來找我。不會有危險，小梓你放心。」

「我們在後方提供支援。」小梓說。

「我繼續睇科學雜誌。」阿慕說。

「咁我做乜？易容做祈禱勇士啦！」阿樸說。

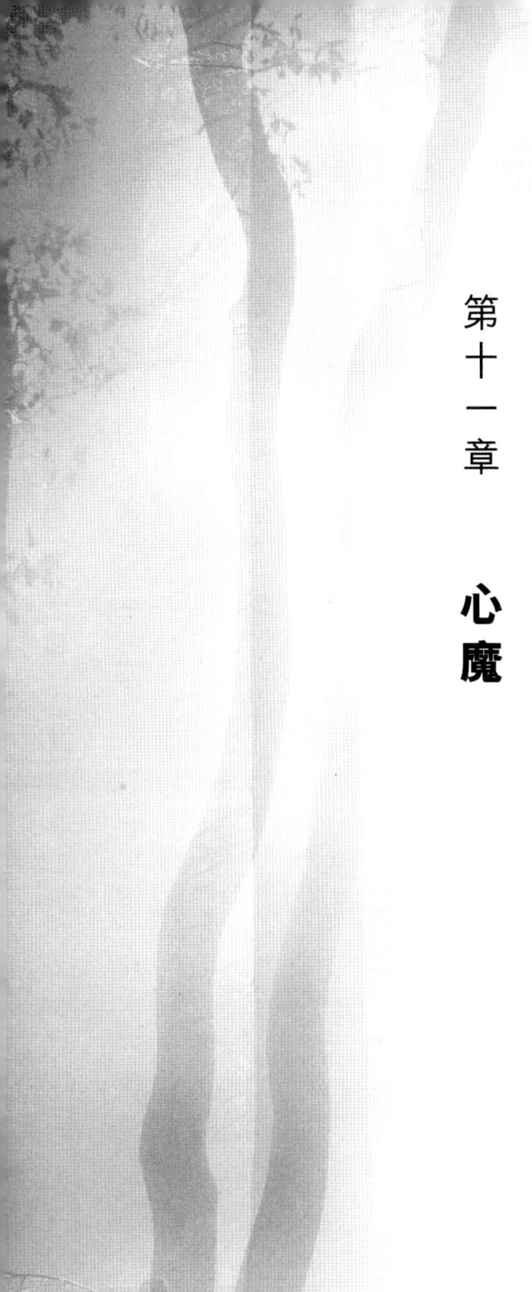

第十一章

心魔

令如山非常慶幸，沒有做夢了，可以集中處理手頭上的工作。

不過，手頭上的工作一點也不順利。上市的事情一拖再拖，母公司的聯絡人一換再換，首龍的業績在楠師兄停止提供捕霧之影以後停滯不前，市場份額被不斷湧現的新藥品企業攤薄，董事會從最初的磨拳擦掌，到現在已經是愛理不理了——

令如山又有點懷念哪些夢境了。真有夢境成真這一回事？到底是日有所思，夜有所夢；抑或是工作上的困迫折射到夢裏去？如果是前者，那麼人腦袋實在太可怕了。如果是後者，令如山倒希望再發夢，好讓一切的壓力隨夢境消散，他閉上眼……

「咯——咯——」

魂魄給敲門聲喚醒。

「早晨，令先生。」令如山的秘書給他送上咖啡，又一如以往，提醒令如山今天的日程：「……下午五時去做心理諮詢……」

「且慢，心理諮詢？」令如山從大班椅坐直。

「是你叫我安排的，不是嗎？」秘書慌了，再核對Google Calendar，「的確有這一個booking。」

「算了，給我地址吧！」

＊　＊　＊　＊　＊

叫Geranium的心理諮詢在中環的甲級寫字樓，是服務上流社會吧！已經忘記是誰轉介，更忘記何時尋找諮詢，反正上去付款，好好睡一覺也是值得的。Geranium，天竺葵？

令如山被帶進一間充滿天竺葵香氣的房間。

房間內的男子身材矮小，眼窩出奇的深，炯炯有神的眼睛彷彿洞察一切，男子沒有站起，依然安坐在一張舒服的靠椅上，十指相互輕敲，用微笑代替歡迎。房間像曠野的遼闊，幻覺嗎？矮小的男子反顯得更像一位巨人，而自己顯得更渺小！

「你好，令先生。我是你的心理治療師高皆。」

* * * * *

「高皆神探，let me make myself clear again，no expense claims should be settled without my signature。」見希神情嚴肅，嚴肅得說整句英語。

「Agree，agree。」高皆笑說，「這是你上任時我給予你的一條社方守則，我又怎會忘記。」

「哪你打算怎樣支付甲級寫字樓的租金？」見希追問。

「Geranium 心理諮詢中心真珠都無咁真。我不單不用支付租金，中心還頒授義工白金章給我呢！」

「Boss，不成你的心理治療師資格都是真的？」阿慕掩嘴笑說。

「又給你猜對了。」高皆說。

「吓！」

然後，高皆告訴神探們自己在那所學府取得資格，以及臨牀時數。

「學海無涯，真是值得我們好好學習，boss，下一round，你要學什麼？」阿樸問。

「我想去 Italian Chef Academy 學廚。」

「學廚慢慢嚟，boss，我現在就想聽你跟令如山的諮詢情況，他幾時可以落鑊？」小梓最想將令如山繩之以法。

「對不起，我是不能透露client丁點兒諮詢內容的，何況我拿了badge。」

阿樸非常了解高皆，笑說：「Boss，我為你感到驕傲，今趟與令如山見面，一定有突破性的進展，甚至去到破案的階段。你就想想辦法，如何向我們透露，以我們的資質，一定揣摩得到的。」

小梓說：「原來是賣關子，嚇得我。」

「小梓，我不是賣關子，這真是輔導行業的守則。」高皆一頓，「這樣吧，我正在寫一個推理小說，以下我說的，是這個推理小說的大綱，與令如山的面談無關，如有雷同，實屬巧合。小說暫時取名《心魔》。」

《心魔》短篇小說大綱

一個年輕人憂憂愁愁的從公車走下來，他剛從輕工業大學畢業，前路茫茫。從前有一個發達的機會，他沒能好好把握，反而人財兩空了。

走入火車站候車大堂，等候回鄉的火車時，有人叫喚他。「范人。」年輕人抬頭，是楠廠長。年輕人只能苦笑。范人的名字，就是眼前的楠廠長派給他的，楠是一家藥廠老闆的得力助手，年輕人在藥廠做了兩年實習生。

楠遞給范人一個布包，說：「這是我給你的送行禮物，憑着它，你一生無休了。回到家裏才可以打開。」

回到家，范人馬上打開布包，布包內有一個鐵盒，鐵盒內竟然是——曬乾了的松樹皮！

鐵盒還有楠師兄的信。信中說：「松樹皮就是只聞其名，不知其貌的神秘藥物『捕霧之影』。用它來煮藥，茶藥效用倍升。未來的日子，廠方恐怕沒有能力守護『捕霧之影』，倒不如讓你把它帶到遠方。你發達之後，不能忘本。」

范人驚疑不止。這個奇遇，簡直是神話故事「夢筆生花」，又或者「鯉魚吐珠」的現代版。信中還提到兩個條件，他一定要遵守，第一個，他不能告訴別人寶物的來源，第二個不能自主研發。一旦給發現他違背諾言，楠廠長會馬上停止供應松樹皮。

年輕人是個聰明人，很快便集合了首批資本，開了一家藥物研發公司。楠師兄亦信守承諾，源源不絕供應松樹皮。

二十年後，年輕人已成了業界響噹噹的人物，一次成功賣盤，公司更成為一所巨企的子公司，年輕人帶着自己的公司，遊走於國內和香港，正籌劃上市之際，楠師兄卻傳來信息説：你既然發達了，我也為你今天的成就感到驕傲，「捕霧之影」是時候用在更有意義的地方。然後，楠師兄連同「捕霧之影」在眼前徹底消失！

年輕人，不，現在他已不再年輕了，不如叫他范人。范人嘗試自我研發松樹皮，卻屢試屢敗。似乎研發松樹皮，有一個關鍵性秘密是他不知道的，而一直掌握在楠廠長手裏。

范人陷入絕境，心魔開始出現了。一天，他發夢，夢到查爾斯・龐茲。查爾斯・龐茲是上世紀二十年代龐氏騙局的主腦人物。范人從夢中醒來，龐氏騙局給他一個很大的啟發——可以利用「捕霧之影」化身為新一代龐氏騙局，並且透過新式的金融操作讓騙局變得合法和安全。范人更説服自己，柴火煮藥在新科技中早應被淘汰！

不過，有一個重點他忘記了——他已用盡了最後一包松樹皮！

於是，他又發了第二個夢，有狗咬他，夢醒之後，竟然發現一位多年不見的朋友被狗咬傷，不過，「捕霧之影」依舊下落不明；反而，他會意過來，他和夢，夢和他，已融成一體，分不開來了：接着有第三個夢出現，夢境中，他目睹「捕霧之影」移送的過程，也知道落入誰人手中，但卻不知道移送到那個地方，反而，他看見有一位舊相識因此中了劇毒。醒來之後，非常害怕，卻不敢去向舊相識查證她有否真的中毒。

心魔愈陷愈深，似乎，連他本人也控制不了——心魔要把他帶往何處？

這是推理小說的高潮，抑或是引領讀者走向反高潮的結局？小說家仍未決定。

「嗶，boss，聽到我毛管戙。推理小說，你肯定？」阿慕說。

「推理小說也包括驚悚小說，如果拍電影就是希治閣。」阿樸解釋。

「希治閣在哪？」小梓問。

「希治閣……唉，算啦。」

「Boss，令如山有沒有夢到用車撞我？如果有，應該通知警方上門拉人。」小梓更關心無人駕駛跑車。

「小梓，我不知道令如山有沒有發夢，我在構思一個叫心魔的小說。」高皆糾正小梓。

「哎呀，對不起，」小梓想一想，轉換方式問，「Boss，小說有沒有一幕，范人收到心魔 order，叫他去印刺桐花邀請卡？」

高皆搖頭：「小梓，既然你提起邀請卡，且讓我們結束小說，回到案情。我不是說過，你調查邀請卡套票沒有收穫也是一種收穫，更極有可能是拼圖中最後或者最先的一塊？」

「是啊！」小梓想起來了。她滿懷希望住高皆。

「因為你查不到套票的來源，又給無人駕駛跑車意圖謀殺，讓我可以大膽假設，寄出套票和意圖謀殺是同一個人，這個人不能露面，也是我一直說的超級低能殺手。」高皆說。

阿樸有點愕然，而阿慕則從《科學新知》抬起頭。

「奇怪呀，不是所有事都是令如山做的？」小梓皺眉。

「令如山不也是收到邀到邀請才去蘇州。的確，這樣猜測，整件案就合理了……咦，蘇州——」阿樸沉吟。

「令如山有同黨？」小梓瞪大眼。

高皆卻不回答，轉去問阿慕：「阿慕，蘇州讓你聯想到什麼？」

「蘇州讓我想起AI，腦科學研究，大數據等等。」阿慕回答。

今天的蘇州，早已擺脱小橋園林的歷史印象，化身為尖端科技重鎮。

「我再問你，對於令如山的夢境，你有什麼想法？」高皆展現揭局的神秘笑容。

阿慕放下雜誌，隨手拿起拍紙簿，在上面寫了幾個字，摺好，遞給高皆。

「我並沒有什麼想法，所有知識和智慧，其實都是書本教的。剛巧科學雜誌提到一項發明，希望我猜得中吧。」

第十二章

沒有犯人，連一個也沒有

高皆去拜會樞機主教，他把阿慕寫的那張紙交到主教手上。

「腦機接口。」主教慢慢讀出上面寫的字，然後從字條抬頭。「每個字都識，加起來就變成外星文了。」

「這是AI一項新發明：把人的腦和機械人連接起來。一旦相互連接，人和機械等於共同上了一部幽靈列車，你中有我，我中有你，而所有有關人的標籤都給屏障起來，無法找到。」高皆解釋。

「你講的，你明白嗎？」

「一知半解，我只是從科學雜誌抄下來。」高皆坦白承認。

主教放下字條，說：「不過我最不明白的是，人是按着造物主的形象創造的，那麼尊貴，已經是最完美的，為什麼要弄出AI？」

「據我所知，不少科學家是忠誠於天主的。AI由人發明，沒有人，就沒有AI，所以我喜歡用超級低能來形容AI。」

主教一笑道：「可是，現在它反客為主了。」

「主教，原來你明白。」

「我有看《智能叛變》，這套電影……超過二十年吧！」

「主教，你喜歡看電影，我也是。」高皆說。

「我喜歡電影，更喜歡《聖經》。兩樣一同來切磋，如何？」

高皆手心冒汗。

「你的調查非常出色。」主教為高皆解圍，順道為委託來一個判斷。

「過獎了，其實走入了死胡同。一個是AI，一個人腦，二者結合來犯案，文明社會，暫時還沒有法律可以來制裁。幽靈列車，一旦啟航，不達目的，是不會停下來。」高皆一頓，說：「主教，我還沒有想到方法保障所有當事人的人身安全呢！」

「唔，當事人的安全你大可放心，倒是『捕霧之影』的爭奪戰令人掛心。」主教說。

「如果因此要減少、甚至免去委託費，我沒有異議。」高皆非常遺憾。

主教沉吟，對於費用問題，卻不置可否。

「主教，雨桐真的安全？」高皆問。

主教卻道：「人人皆有一死，死亡只是一個時間點。雨桐也走到人生的盡頭，來到了那個時間點上。」

「哦？」

「他們這樣的小矮人，地上的歲數比我們少。雨桐也是自知時日無多，因此有了將『捕霧之影』捐給教廷的想法。她現在身處安全的地方。」主教解釋。

「原來如此！」

「不料牽出大風波，牽出人性中貪婪的罪。」主教續道：「剛才你說不能用法律制裁，我反而放心了。」

「為什麼？」

「犯法的人會想辦法逃避法網。犯罪就不同了，犯罪得罪天主，上天下海，沒有罪人能躲開祂的審判。」

「主教，剛才你說，雨桐在安全的地方，真的安全？」

「她在意大利。」主教有點忘形，「這個雨桐，不能小看她，天主給了她很多我們沒有的神恩。她是科學家，正在研究松樹的基因圖譜，快要接近尾聲。我們買了一大片地，種植松樹。雨桐做的，不但是生物科技，更是保育。」

聽着聽着，高皆靈機一動，忽然來了主意。如果這個主意行得通，所有問題給解決了！

「主教，我想到解決的辦法，你不用扣減我的委託費。」

「？」

「請教廷放棄『捕霧之影』專利權，將秘方交出，幽靈列車自然會停下來。」

* * * * *

十八個月後。

高皆問太太媛：「我獲得一筆頗豐厚的花紅，很想和你分享，一起去意大利住上一兩個星期，如何？」

「為什麼是意大利？」媛問高皆。

高皆說：「在佛羅倫斯附近的 Certaldo 小鎮，有一間烹飪學校 Cucina Giuseppina，早上，導師會帶學生上市場買鮮活，順道去摘生果蔬菜，然後回農莊用那些材料教授烹飪。當然，學費不便宜，住宿也不便宜。」

媛眼碌碌，一邊思索一邊說：「不如留在香港，你將學費給我，我教你烹飪，如何？」

高皆忍笑，太太並不貪圖財富，相反，對金錢毫無概念。一有多餘財富，她想到的就是奉獻。

神貧的人有福了，媛很幸福。

「學廚還不是重點，佛羅倫斯郊區有一片松林，我想去看看。那片松林，是一位愛主的侍女苦心經營的，她憑着信念，突破人生種種悲苦和障礙，完成上主交付她的特殊使命，留下松林這片豐富遺財之後，安返天家。這筆花紅，也是我有幸參與其中而獲得的。」高皆說。

「噢，如果不違反保密協議，我倒想聽聽這位侍女的感人故事。」

要打動太太媛何其容易！就像破案的得心應手。高皆說：「去 Certalado 的路上，我逐一話你知。」

＊　＊　＊　＊　＊

完成廚藝課程之後，高皆兩夫婦去佛羅倫斯郊區看松林。

從松林走出來。

「你不告訴修士你是誰，不要打招呼？」媛問丈夫。

高皆沒有回答，只是往前走，慢慢的走，注視自己的腳步，注視着腳下的小路。媛默默地走在他身旁，走了好一段路，明白到，她的問題，以及問題的答案都無足輕重。

她輕聲說，像自言自語：「覺醒之域，是這片松林的名字，修士說，已開始世界文化遺產申請手續。」

「其實覺醒之域的種植和開發，是『捕霧之影』的延續。可以說，『捕霧之影』是母，覺醒之域是子。」

「不怕『捕霧之影』反告教廷侵權？」

高皆搖頭，說：「松樹人人都可以種，沒有誰有不准種松的專利。關鍵在於『捕霧之影』的製作方法，教廷已交出製作秘方，並且簽署承諾書今後永不使用秘方。」

「雨桐竟然這樣大方！」

「因為她的眼界已超越松樹皮只作為煮藥的柴火，她為基因圖譜深深吸引，神在每一種植物，每一棵樹的設計讓她突破小我來追尋。」高皆解釋。

媛點頭同意，「那份中文版說明書都有解說。我最深印象是說，人類因貪圖方便，只取最茂盛的松樹近親繁殖，樹木愈種愈瘦弱；又過分開墾土壤，加速土壤老死，長不出好樹苗。」

「唔。」

佛羅倫斯的輪廓在望了，媛一直有個疑惑，現在想起來了：「從教廷取得專利開發權之後，怎麼反而不見大肆報道；『捕霧之影』好像從大眾的視線中消失了。」

高皆又泛起他的招牌笑容，說：「當初我向樞機主教提議讓出專利時，其實是兵行險着——我大膽假設，首龍以及他的母公司並沒有耐性自主研製『捕霧之影』，『捕霧之影』一到他們手，便迅速步向死亡。結果一如我所料。」

「只是把松樹皮製作成柴火，有那麼艱難？他們一定聘請最尖端的研發團隊。」

高皆一笑：「『捕霧之影』，一如其名——要捕捉晨霧將散，在樹皮上留下最後一道影子——這個時候，把樹皮小心剝下來製成燒藥的柴。」

「開玩笑吧！這個雨桐……真有屬天的感應。」媛望向藍天，又轉身最後一次定睛松林，之後說：「那我明白了，沒有雨桐，他們什麼都捕捉不到。」

「後來，他們想到假冒，反正假冒在這個企業是家常便飯。不過，要上市便困難重重，結果只好作罷。」高皆補充。

「作罷？教廷呢，教廷不應就此作罷吧，必定要將犯法的人繩之以法。」

「樞機主教說，沒有犯人。」

「沒有犯人？」

「是的，因為是腦機接口，所以沒有犯人，連一個也沒有。」

兩夫婦已走近佛羅倫斯。

媛站住，問高皆：「你認為……腦機接口，到底是誰的主意，誰又是AI的主人？」

「你竟然膽敢問這個問題？你夠膽問，我倒不夠膽答。走吧，」高皆拉起媛的手，「把握機會，盡情看名畫，盡情吃意大利菜吧。」